花はどこへいった

枯葉剤を浴びたグレッグの生と死

坂田 雅子

TRANSVIEW
トランスビュー

花はどこへいった―枯葉剤を浴びたグレッグの生と死―＊目次

中国
ハノイ
ハイフォン
タイビン
ナムディン
トンキン湾
ラオス
北緯17°線
クアンチ
カムロ
フエ
タイ
メコン川
ダナン
クアンナム
クアンガイ
カンボジア
ベトナム
ナチャン
プノンペン
ホー・チ・ミン市
(旧サイゴン)
タイニン
ビエンホア
ロンタン
ベンチェ

花はどこへいった

枯葉剤を浴びたグレッグの生と死

1　突然訪れた最期

1　予期しなかった宣告

二〇〇三年四月十四日、月曜日。

夜中に目が覚めた。いったい何時なのだろう。隣りのグレッグはよく眠っているようだ。きのうの午前中にパリから戻ったばかりなので、こんな時間に目が覚めたのだろうか？

朦朧とした頭にようやく現実がもどってくる。

数カ月まえから胃のぐあいが悪いと言っていたグレッグだが、もう治るだろうと思いつついっこうに快復しないのを押し切って、イギリスに住む姉の結婚三十周年のお祝いに行って来たところだ。帰りのパリ滞在中も、あんなにワインやフランス料理が好きだった彼が、ほとんど食欲がわかず、ふさぎ込んでいた様子を思い出し、楽観的な私も、不意打ちのように悪い予感に襲われた。がん？という思いがはじめて頭をよぎった。

眠れない夜に思いはどんどん膨らむ。もし、最悪の事態でがんだったとしても、このごろは周りの友人にも、がんを克服して元気に暮らしている人がたくさんいるし、胃がんだったら、ほとんどの人が手術に成功しているじゃないか、と言い聞かせる。切れば治るんだと、安心しようとするが、その一方、もし体を開けてみて、がんがいっぱいにひろがっていて、もう手の施しようがないと言われたらどうしようと思い始めると、もう悲しくて悲しくて、体の中心から嗚咽《おえつ》がひろがってくる。グレッグに気づかれないように、一生懸命こらえようとすればするだけ、どうしようもない絶望に襲われる。

その後、私は眠ったのだろうか？

朝になって、グレッグがけろりとして何事もなかったように起き上がるのを、半分期待していたが、そうは行かなかった。足のむくみが増して、しかも氷のように冷たい。

とにかく病院に行こうと促して、ふだんは医者通いを拒む彼と山王病院へ向かう。

数週間まえから診てもらっていた医師は、今回も患部にふれもせず、胃炎でしょう、もう少しガスターを処方しておきましょう。それから念のため、食道と大腸の検査も入れておきましょう、と言う。

足の腫《は》れは別に外科で診てもらうことになり、私は会社へ行くことにする。一緒に残りたかったが、グレッグは頑《かたく》なに一人でいいという。もともと頑固なところがある人ではあったけれど、なぜこんなに頑ななんだろうと、ふと不安になる。

それから数日、もう治るだろうと思いながら、会社にあった分厚い医学百科で胃炎、胃がん、胃《い》潰瘍《かいよう》など、可能性のありそうなところをいろいろ見てみる。が、どうもこれだと当てはまる症状はないようだ。とはいえ、いつもは楽観的な私にも、時々不安がよぎる。

パリから帰国して五日目、会社から電話すると、ぐあいが悪いと言う。病院で大量にもらった何種類もの薬を飲んでも、効き目はない。気持ちも沈むので抗鬱剤をもらえないだろうか、西洋医学ではなく、ホリスティック医学のほうがいいのではないか、と言う。

その日、帰宅すると、グレッグはむくんだ脚をいたわりながら、テレビで映画『シェルタリング・スカイ』（ポール・ボウルズ原作、ベルナルド・ベルトルッチ監督）を観ていた。

ふと顔をみると涙ぐんでいる。

「どうしたの、映画を観て泣いてるの」

びっくりして聞くと、

「だってこんなに感動的じゃないか」

と言う。

いまもあの時のことを思い出すと、どうして彼の涙をもっとよく理解しなかったのだろうと、後悔の念が湧く。

抗鬱剤を処方してもらうためもあり、またあまりに症状が改善しないので、帰国してから六日目、四月十九日に再び山王病院を訪れる。

そのときグレッグは自分で車を運転して、診察がすんだらそのまま、群馬県にある山荘に向かうつもりでいた。

診察に当たったM医師は足のむくみをみて、静脈瘤の疑いがある、血栓が心臓に飛ぶ恐れがあるので、月曜日にでも済生会病院に入院するよう手続きをしようとおっしゃる。

その手続きを待っている間に血液検査の結果が出るが、驚くほど悪い数値だ。肝機能が非常に落ちている。すぐに入院の手続きをするという。

それからは、CTスキャン、MRI、レントゲン、超音波……と、検査、検査の連続である。

グレッグが怖がってなかなか受けようとしなかった大腸の内視鏡の検査では、私は最悪の事態を覚悟していた。しかし内視鏡が腸を通っていく間、医師がここもきれい、ここも何もないと言いながら進んでいくので、勇気づけられた。結局、大腸がんではないということで安心する。だが、グレッグは不安を拭いきれないようだ。

入院後二日目に、どうも肝臓に異常があるようだ、画像になにか、飛んでいる虫のようなものが映っている。ここの医者のチームもみたことのないケースだ。もう少し調べて、場合によっては肝臓専門の病院に移った方がいいかもしれない、と言われる。

これを聞いたグレッグは訴えるように、「僕はジャーナリストで、世界のいろいろな国に行った。どこかで、何かに感染したのかもしれない。どうか、そこも考慮にいれて原因を探ってほしい」と嘆願する。

医師が部屋を出た後、「いったい、どこで、どうして、こんなことになったのだろう？　ぐあいが悪くなりはじめたのは、二月末にロスアンゼルスに行ったころだったから、機内食にあたったんだろうか」

「でも、私も同じものを食べてなんともないのだから、そうじゃないでしょう」

「いや、もしかしたら、誰かに毒を盛られたのかも知れない」

「そんな馬鹿な。いつも同じものを食べていたのに、どうしてあなたにだけ毒を盛ることができるの」

私には荒唐無稽の心配と思われたが、グレッグにとっては、非常識な考えではなかった。彼はいつも反体制的で、米国の外交政策に反対していたし、二〇〇一年の「9・11」のあと、米国がアフガニスタンに侵攻したときは、友人を通じて紹介されたアフガニスタンのレポーターによる首都カンダハールからの実況中継を手配し、テレビ朝日のニュースステーションで連夜放映されたりしたので、アメリカ政府から監視され、電話も盗聴されていたのではないかと心配していた。

次の日、医師が私を外で呼び止め、

「実は検査の結果が出ました。どうも肝臓がんで、余命は六カ月以内と思われます」

と、予想だにしなかったことを言う。

この時まで、なんとか楽観的な気持ちを保ち、きっと治ると信じていた私には、あまりに突然の、信じがたい医師の言葉だった。

そのとき私の頭の中でどのような思考が行き交っていたかは、まったく思い出せない。衝撃が強すぎて、感情は空白だったような気もする。まさか、という思いでいっぱいで、とても現実として受け止めることはできなかった。

とにかく、その時その場での時間をやり過ごすことだ、なんとか踏ん張って。

グレッグの両親は亡くなっていたし、二人いる弟たちとはもう何年も音信不通だ。こんなときいてくれたら、どんなにか力になってくれたであろう私の母もすでに亡く、年老いた父がいるだけ。姉はイギリスだし、弟とはしばらく連絡をとりあっていない。グレッグの親友のジェフ・キングストンは、このときはトルコにいた。

雨の冷たい四月の夜だった。私たちは孤立していた。ただ、悲しかった。

グレッグにあと数カ月の命だと告げることは、私にはとてもできなかった。日本の医療システムに不信感をもっていたグレッグは、米国の友人で医師であるマークに電話をかけ、こちらの医師の診断を告げ、彼の判断をあおいだ。そして私に、マークの言葉を逐一メモしておくよう頼んだ。その熱心さに、私は生きたいという彼の意志を痛いほど感じた。

次の日、腫瘍マーカーの値が非常に悪いと、医師がベッドサイドで私に告げた。私はグレッグが聞いているのではないかと、どきっとした。

医師が出ていった後、グレッグは眼を閉じたままずっと無言だった。そしてぽつんと、「洋服はみんな捨ててくれ」と言った。

「どうして急にそんなこと言うの」と聞くと、

「だって、もう僕は死ぬんだろう」と言う。

医師は、グレッグが日本語がわからないと思ったのだろう。その無神経さが残念だった。

次の日、私は医師に彼の気持ちを告げ、なんとか希望が持てるようグレッグに病状の説明をしてほしい、嘘でもいいから、と頼んだ。

医師は私の願いどおり、「あなたの腫瘍マーカーの値はかなり悪い。でもまだ、希望がない訳ではない。まず足のむくみをとって、それから少しずつ症状に対処していきましょう」とグレッグに伝えた。納得できる説明ではないにもかかわらず、藁をもつかむ気持ちだったのだろうか、グレッグは少し気を取り直したようだった。友人からかかってくる電話でも、「最悪の事態はまぬがれたようだよ」と話していた。

グレッグの友人は、日本よりも海外に大勢いた。その中でもとりわけアメリカの友人たちは、グレッグに病状の真実を伝えるべきだと言う。私は迷った。でも、本当のことを知ったら、彼はまた貝のように口をつぐんでしまうのではないかと思うと、とても真実を言うことはできなかった。残りの時間が少なければ少ないほど、共有したかった。

2　枯葉剤が原因？

私は一九七六年から、写真通信社で仕事をしていた。アメリカ人の社長の通訳という形ではじめたのだが、彼が亡くなった後を継いで、経営責任者になっていた。病院で付き添う間にも、たびたび会社に顔を出さなければならなかった。

あるとき会社で書類を整理していた私に、医師から電話があり、国立がんセンターの肝臓がん専門の医師のアポイントメントがとれたので、レントゲン写真をもってすぐに行ってほしいという。

その専門医の意見では、グレッグはかなり末期の肝臓がんで、あと三カ月は持たないだろうと言う。

ひと月あるいは三カ月くらいかけて静かにグレッグを看取ろうと覚悟を決めていたとき、アメリカの医師マークからふたたび、「あきらめるな。グレッグに告知して、ニューヨークのスローン・ケタリングがんセンターで治療を受けられるようにしよう」というメールが来る。

グレッグの親友でマグナム所属のベテラン写真家、フィリップ・ジョーンズ゠グリフィスが、ニューヨークに住んでいた。マグナムは、世界的に有名な報道写真家の集団である。フィリップは、一九六〇年代から七〇年代にかけてベトナム戦争を取材し、七一年に『ベトナム・インク（Vietnam Inc.）』という写真集を出版した。戦争の無惨さを如実に捉え、米国の侵略戦争を批判したこの本は、アメリカの世論に大きな影響を与えた。

グレッグとフィリップは、七〇年代に韓国取材で知り合って意気投合し、主に東南アジア各地の取材旅行を共にしてきた。フィリップはグレッグよりも二年前に肝臓がんになったが、肝臓の四分の三を切除するという大手術に成功し、仕事に復帰している。

フィリップから、病院に電話がかかる。私はグレッグの病状と医師の診断を伝えた。

「あなたも、グレッグも同じ病気だなんて、なぜ？　カメラマンの職業病？」

と問う私に、

「枯葉剤のせいだと思う」

あまりに唐突で、かつ即座の答えにとまどう。

フィリップは断定したけれど、本当だろうか、と疑う気持ちと、そう考えれば説明がつくという納得の気持ちが、入り交じる。

フィリップが手術を受けたのは、ニューヨークにある世界でも最高レベルのスローン・ケタリングがんセンターで、がん手術では著名なファング博士が執刀した。

「グレッグに肝臓移植という方法はないのかしら。ファング博士に引き受けていただけないでしょうか」

フィリップとマークは連絡を取り合いながら、二人の名医（ファング博士とボストンのラヘイ・センターの肝臓専門医）に日本からの資料を送り病状を判断してもらう手はずと、結果によってはすぐにアメリカに行き入院できるよう、状況をととのえてくれた。私はレントゲン写真などを急遽フエデックス（航空宅配便）で送り、グレッグには知られないよう、次の日には救急車で成田まで行き、朝早い便でニューヨークに飛ぶよう準備をした。

グレッグの衣類をスーツケースに詰めながら、彼はもう日本に帰って来ることはないかもしれないと、絶望感に襲われる。

なんとか準備が整ったところで、マークから電話があった。資料を見せた医師は二人とも、大変すすんだ病状なので希望はもてない、アメリカに来ても残念ながら尽くすべき手はないと言う。その夜こちらの医師も、この状態ではもう飛行機に乗る許可を出すことはできない、と言う。これは、入院してからたった六日後、四月二十五日のことだった。

二日後の四月二十七日。医師は、ここ数日で意識が混濁し、その後一週間くらいの命だろうと言う。グレッグは黄疸が出て、衰弱もひどいようだ。お腹が膨らんでかわいそう。眠っている時間がとても長く、声にも精気がなくなった。

とにかく苦しむのだけは避けてほしいと、モルヒネをたくさん使うよう依頼した。それが効いたのか、肉体的な痛みを訴えることは少なくなった。が、時間がたつのが遅く、退屈で耐えられないと言う。少しろれつが回らなくなってきたが、目覚めている時の意識はまだはっきりしている。「一日の栄養が六〇〇キロカロリーというのは、戦争の捕虜の食事と同じだ。これでは元気が出るわけがない」と言う。

私は切ない気持ちで、できる限り脚、腕、背中などをさすって、なんとか痛みをやわらげようとする。愛情を注ぐことによって少しでもよくなるのなら、私の体の一部、いや全部を捨ててでも、グレッグに生きてほしい。たとえ寝たきりでも、生命があって、熱いからだがそこにあって、懐かしい顔がそこにあるうちは、まだ支えがある。これがなくなってしまったら、その空洞はどうやって埋めたらいいのだろう……。

四月二十九日の朝、ニューヨークのフィリップから電話で、親しい友人たちはみなショックを受けている、そしてみんな、グレッグにがんのことを告知すべきだと言っていると言う。私の姉も他の友人たちも、同じ意見だ。

私は覚悟をきめて、医師に「肝機能の悪化は腫瘍のせいだということがわかった。肝臓に数カ所がんがある。今、肝臓の状態は安定しているので、二週間ほど様子をみて治療の方針を決めよう」と話してもらう。その間、グレッグは眼を見開いて、一心に聞き入っていた。そして「Thank you very much. Let's hope for the best.（どうもありがとう。最良の事態を期待しましょう）」というような返事をしたと思う。その後、モルヒネの影響もあり、すぐに眠ってしまった。痛がったり苦しがっているよりはいいけれど、話ができないのは悲しい。

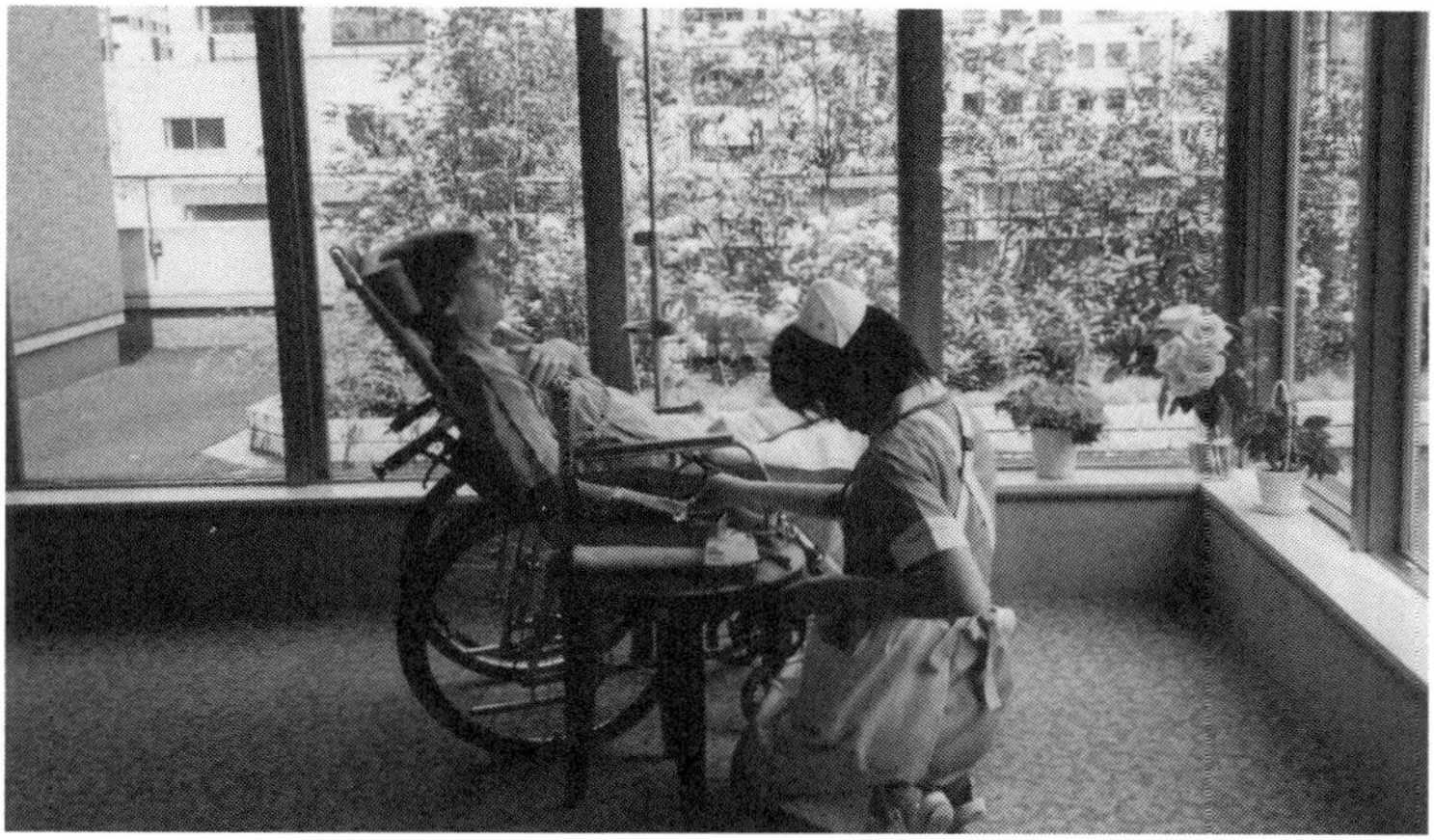

入院中のグレッグ（東京山王病院、2003年５月）

ベッドの脇に座って、二人でこれから一緒にできたはずのこと、でももう実現する可能性がなくなったことなどを考えていると、本当に取り返しのつかない出来事に直面しているのだということを、ひしひしと感じる。

病室で日記を書いている私のかたわらで、グレッグはすやすやと気持ちよさそうに眠っている。グレッグが先にやすむのはいつものことだったし、まるで旅先のホテルにいるようだ。この一瞬のなごんだ安らぎの気持ち。こんな夜は、あと幾晩あるのだろう。

友人たちからグレッグに電話がかかってくる。ひどく力がなく、口や喉が乾いて話しづらそうだが、電話に出る時だけは眼をさまし、「僕は元気だ。もうじきすっかりよくなるよ」と繰り返す。けれど受話器を持っている力も、だんだんなくなってきているようだ。

五月二日。昨夜はとても寝苦しそうで、汗をかき、心臓の鼓動も早く心配したが、酸素補給で落ち着いたようだ。朝、「なんだか悪くなっているような気がする。ちっとも良くなっていない」と弱々しく心配そうな声で言う。が、医師が来ると、「とてもよく眠れた。No problem（問題ない）」と繰り返す。

しばらくして、私が隣りの部屋でテレビを見ていると、「雅子、さあ出かけよう。用意はできた？」と言う。びっくりして、「だって、どこへいくの」と言うと、がっかりしたように、「ああ、そうだった。どこへもいけないんだ。」

これは山の家での、週末の典型的な会話で、これからこういう会話がなくなることを思うとつらい。

この日の午後、オーストラリア人のジャーナリスト、マリー・セイルと、イラク、イランの取材から駆けつけてくれたドイツ人ジャーナリストのマルクス・ベンズマンが来院した。二人がイラク情勢について話しはじめると、グレッグも聞き耳をたて、起き上がって会話の中に入ろうとする。マリーやマルクスが話していることはわかっているようで、時々あいづちを打ったり、不同意を表明しようとしていることがわかる。どんなに、いろいろ言いたいことがあるだろう。

そのあと、フィリップや、写真家の友人でシアトルに住むジョエル、スイスに住むダニエルからも電話があり、グレッグがいかに大切な友人たちをたくさん持っていたかを再認識する。彼の友人たちが、これからも私の大きな支えになってくれるだろう。グレッグの財産は、まさに彼が築いてきた友人たちとの信頼関係だと思う（写真もさることながら）。会話を聞いていて、彼の中にまだこんなにエネルギーと生命力が残っていることが分かって、とても嬉しかった。

五月三日。今日も海外の友人からたくさん電話が入る。グレッグが皆に慕われ、心から心配してもらっていることをひしひしと感じ、私はグレッグを過小評価していたのだと思い知らされる。マルクスが病院に泊まってくれるというので、四月十九日以来はじめて家に帰ろうとしたが、グレッグの様子が、どうも私にいてほしいようなので、結局この日も病院泊まりになる。

今までになくすやすや眠っているので、ひょっとしたら、明日の朝目覚めて、いつものように「おはよう、チャクス（Chaks、彼は私をこう呼んでいた）」と呼びかけてくれて、すっかりよくなっているんじゃないかと思ってしまう。

この日のことだったか、

「あなたが撮ってきた写真はどうしましょう」

と問うと、

「僕は死ぬの？」

「いえ、そうじゃないけど、ただ話し合っておいた方がいいと思って」

とにごす。

会話はそこで途絶えた。これが最後の会話だった。

翌五月四日、グレッグは最後に深く呼吸をして、逝ってしまった。息を引き取りながら、何か光を見たような微笑みを浮かべて。

2　七〇年代、京都で

1　ベトナム帰還兵

私たちが出会ったのは一九七〇年の京都。日本は大阪万博に沸いていた。

私は京都大学の学生で、文学部哲学科に籍を置き、人類学か社会学を勉強しようと思っていた。高校時代にＡＦＳ交換留学生として一年間アメリカに行き、日本に帰って来たものの日本社会になじめず、新しい価値観を模索する中で、人生の根源的なものを探求するのには哲学の勉強が必要だと思ったのだ。

一九六七年四月に入学したのだが、五月の連休の頃には、大学には入ったものの授業には魅力が感じられず、人生に目的を見いだせず、いわゆる「五月病」にかかり鬱々としていた。

当時、学生運動が盛んだったが、私自身はそのために何かしようとか、運動に加わろうと思うことはなかった。どうやって参加したらよいかもわからなかったし、活動家になるというようなはっきりした考えはなく、その道を選ぶことはなかった。いろんな意味で消極的で、いったい自分は何をしたらよいのか、なんとなく右往左往していた。本当に世の中のことを知らなかったし、将来どう生きて行ったらいいのかと自分のことを考えるばかりで、社会的なことがらを考えることはなかった。

私が大学に入学して「五月病」に悩んでいたころ、グレッグは彼なりの道を歩み始めていた。そのころのことを、雑誌『マルコポーロ』（文藝春秋、一九九一年六月号）にこんなふうに書いている。

「一九六七年五月十七日。ベトナム。僕らをのせたボーイング707は夜間警報の中をタンソンニャット空港に着陸しようとしていた。飛行機の小さい窓からそのようすが見えた。ロケット弾が炸裂し、曳光弾――赤い軌跡は民主主義を象徴し緑は共産主義を表す――が飛び交っていた。（発光することで飛んだ軌跡がわかるようになっている弾丸。アメリカ陸軍やNATO軍の標準規格では、ストロンチウム塩類と金属燃料（マグネシウム過塩素酸塩の混合物）であり、これは明るい赤となる。ロシアや

グレッグと私（京都市左京区岡崎の下宿近くで、1970年）

中華人民共和国の曳光弾はバリウム塩を使用しており、緑の光となる。）

炸裂するロケット弾や曳光弾の軌跡は、夢の中のように美しく、音もなく、現実ばなれした光景だった。

パイロットは急遽予定を変更し、中部高原地帯のプレイクに向かった。銃撃をさけるため、おもいきり急降下して着陸した。戦争のさなかのベトナムはアリスの不思議の国のようだった。そして、僕らは無垢だった少年時代に別れを告げた。

サイゴンの土を踏んで間もなく、僕は十九歳の誕生日を迎えた。ロスアンゼルスの保守的な高校を卒業したばかりの少年にとって、サイゴンは喧噪に満ちた魅力的な街だった。戦争の匂いに興奮し、道行く女の子が皆きれいに見えたものだ。しかし何がどうなっているのか、まだ少しも把握できなかった。

子供のころから、悪いやつは殺せと言われてきた。例えばインディアンを殺してきたように。おもちゃも、それを実現するのに役立つようなものをもらった。雄叫びをあげて、仮想の敵めがけて突進したものだ。でも、そこでは血は流れなかった。ベトナムは本物だった。ぞくぞくするような、恐怖を感じた。嗅いだこともない異国のにおい、見たこともない光景、聞いたことのない音、すべてが僕の興奮した心を刺激する。

ベトナムに向かう前、基地で軍の指導官が、タバコの吸い過ぎでかすれた声で言ったことを思い出した。「おまえたちの三人に一人は、一年以内に死ぬか、負傷する。周りの仲間の顔をじっくり見ておくがいい。そして、お前たちはアメリカの民主主義と自由を守るために戦うのだということを肝に銘じておけ！」

ベトナムでは、少しのお金を払えば何でもできた。何でも。殺人、セックス、闇市、麻薬、銃の売買、マネーロンダリング、フラッギング（虐待した上官を殺すこと――戦争の混乱の中では犯人の特定は困難。ベトナム戦争中の軍隊内での士気の低下、反抗運動を象徴する）、そして、もちろん地球上で最も偉大な国を共産主義という悪から守るということも（このために僕らは月給四〇〇ドルをもらっていた）。

僕はベトナムの各地で兵役についた。ダナンからサイゴン、プレイク、ナチャンなどあちこちにいた。一九六八年のテト攻勢の時は、ダナン、フエのあたりにいた。僕たちは北ベトナム軍とベトコンに三日間占拠された。本当に危ない思いをした。大勢殺された。

それが、テト攻勢だったのさ。誰でもテト攻勢のことを知っているだろう。テレビでずいぶん放映されたからね。

奇襲だったが僕たちは驚かなかった。来るものが来たという感じだった。ダナンのダウンタウンにあった我々の兵舎は北ベトナムの猛爆撃にあい、数時間で陥落。ガンシップ（対地攻撃用武装ヘリコプター）に頭上から攻撃された。かろうじて死は逃れたが、あれほど恐ろしい思いをしたことはない。多くの仲間が死に、僕を含む何人かが勲章を受けた。

ナチャンで知り合ったガールフレンドがベトコンだということがわかった。初めて飲むことを覚えた。ベロベロに酔っ払った。初めて女を知った。生まれて初めて打ちのめされた気持ちになった。機関銃で狙われたのも、人を殺したのも、何もかも初めての経験だった。ごく普通の若者が大人になるために通過する「儀式」が、ベトナムでは極端な形で行なわれた。

僕たちはベトナムの共産主義者たち、そしてその家族を殺すことで自由を守るのだと教えられた。こんな環境の中でティーンエージャーだった僕らは急速に大人になり、先生やリーダーと呼ばれる人々は信用できないということを、すぐに悟った。僕たちはベトナムで行なわれていた殺戮の中でそれを学び、死に対する恐怖がそれに追い打ちをかけた。

死臭にも、アメリカ郊外の刈りたての芝生の匂いのように慣れた。腐臭という言葉は、ここでは真に意味をもつ。

僕たちの多くはアメリカとアメリカが象徴するもの——政府のプロパガンダや戦争がらみの利益を求める企業——に反抗するようになった。

基地で戦争反対の意思表示をしたこともある。アメリカ国内でするよりも、はるかに危険なことだ。なにしろベトナムで、しかも軍の内部で反戦を訴えたのだ。しかし、これはわれわれの小さな管制区では効果的だった。

ブルーカラーもホワイトカラーも、農民たちも、みんなただただ共産主義が怖くて、子供たちを「自由と民主主義」を守るという戦争に送り込んだ。

でも、本当はいったいどちらが自由なんだ？　共産主義者か資本主義者か？　農民かビジネススーツを着込んだ企業人か？　そもそも自由とは何？　こんな疑問が僕を終わりのない興味に満ちた、発見への道にいざなうきっかけになった。

そして三年後、僕は完全に別人になっていた。アメリカ人がどういう存在であり、戦争が何を生み出したかを知って悲嘆にくれた。その一方、「これでやっと故郷に帰れる」という喜びに胸が躍ったのを覚えている。帰国すれば、死からようやく解放される、ほっとできる……はずだった。

一九七〇年七月、僕は兵役を終えてサンフランシスコにもどった。「サンフランシスコに行く時は、忘れずに髪に花を飾ろう（If you are going to San Francisco, be sure to wear some flowers in your hair）」ではじまる「花のサンフランシスコ」の歌が、あちこちに流れていた。空港についたとき、僕の短く刈った髪に花はつけていなかったけどね。そして、その短い髪が兵隊であることの印だった。

鮮やかな花模様の服をきたヒッピーが、飲んでいたコカ・コーラを僕の顔めがけて投げつけ、「赤ん坊殺し！」と叫んだ。ベトナムでは、確かに子供が死んでいったし、ベトナム戦争に加担した者の責任はあるだろう。でも、コークとは！　資本主義のシンボルと「反戦」に、ちぐはぐなものを感じた。アメリカ人は、帰還兵や戦争に対してどのように対処していいのか、わからなくなっていたのだ。

アメリカはとても居心地がわるかった。いろんな人に責められた。物理的にではなく、精神的にね。ある人は「俺は朝鮮戦争で戦った。お前たちは充分戦わなかったじゃないか。お前たち共産党のピンクのヒッピー、ヤッピーたちは、共産主義のあいつらをやっつけるべきだったんだ」と言う。これは一つの典型的な言い方だ。でも、じっくり説明しようとしても、彼らは聞く耳を持たないんだ。僕はたったの二十一歳だったからね。ビールを飲むのにさえＩＤ（身分証明書）を見せなければならなかった。僕は子供っぽく見えたんだ。彼らはそんなことを僕に向かって叫ぶし、もう一方では「赤ん坊殺し！」と言われる。誰も話を聞こうとしない。なぜなら、僕には戦争を経験したということ以外に資格証明書はなかったからね。誰も経験を聞こうとしないんだ。本当に気が滅入った。

そこで、ふたたびアメリカを離れた。兵役中に訪れたことのある京都に行こうと思った。帰休中に親しくなった日本人の学生の友だちも、何人かいた。

東京について、その足で新幹線に乗った。アパートを探し、六カ月分の家賃を前払いした。その頃一ドルは三六〇円で、兵役中の蓄えもいくらかあったしね。

京都は、三年間の戦争経験から離れ落ち着いて考えるのに、最適な場所だった。世界各国から、何かをもとめてヒッピーたちがたくさんいたし、芸術や文化の面でも興味あることがいろいろ起こっていた。もともと日本にそれほど長居するつもりはなく、東南アジア、西アジア、アフガニスタンとかイランを経て、世界を回ろうとしていたんだけど、ここで独学で写真を学びはじめ、腰をすえることになった。旅行の資金も底をついてしまったしね。」

2　自由の風に乗って

一九七〇年夏、グレッグはベトナムでの三年間の兵役を終えて、日本に来たばかりだった。

夏休みに、私が長野の実家での休暇から帰ると、百万遍ちかくの関田町に借りていた小さなアパートの気配が、少し変わっている。二階に外人が引っ越してきたんだよ、と友人が言う。たくさんの外国人が出入りしはじめていた。

私は高校時代に交換留学生としてアメリカに留学していたので、英語が話せたし、日本に帰って

出会う前のグレッグ（能登半島千里浜にて、1970年夏、友人の河端栄一氏撮影）

きて、閉鎖的な社会にもう一つなじめないでいたので、ああ、なにか面白いことがあるかな、と期待した。

その年は、ピーター・フォンダとデニス・ホッパーの映画『イージー・ライダー』がはやり、体制に反抗するムードが、私たちベビーブーム世代の流行だった。この映画は二人が扮するバイク乗りが、アメリカ横断の旅でヒッピーたちや警官や保守的な人々などと出会いながら自由を探すが、結局は農夫の銃弾に倒れてしまうという、アメリカ社会のあり方を問う映画だった。

そんな時、破れたジーンズでオートバイを乗り回していたグレッグに、私の住むアパートの二階に越して来た彼に、出会った。風に髪をなびかせ、オートバイを駆っている様子が、ピーター・フォンダに似ていると思った。閉塞していた私の生活に、新しい風を運んでくれるような気がした。

日本に来て間もない頃のグレッグ（左京区関田町のアパート近くで、1970年）

出会いの記憶は、黒澤明の映画『羅生門』のように、グレッグ・バージョンと雅子バージョンがある。

彼によると、私たちは銭湯の隣りのタバコ屋の前で出会った。私たちのアパートはどちらも六畳・四畳半の部屋と、一畳の台所にトイレつきで、シャワーも浴室もない木造二階建てだった。お風呂は銭湯に行くしかなかったのだ。グレッグは道ばたで出会った私に、「風呂屋はどこですか」と訊いたのだという。そう言われてみると、そんなこともあったような気がして、今やその情景まで思い浮かぶ。グレッグは、その頃いつもそうだったように、白いTシャツに膝が抜けたジーンズだ。

一方私の記憶では、私の部屋で開いたパーティーのとき。グレッグは京都に着いてすぐに、半年分の家賃を前払いして、私の上の部屋の住人になった。その頃の京都には、アメリカやヨーロッパからのヒッピーや無銭旅行者が数多くいた。気のいいグレッグの部屋には、そんな人たちが何人か居候《いそうろう》していた。その中にベルギー人の女性がいて、洗濯場で彼女に会って誘ったら、彼女とともにグレッグを含む数人が、私の部屋でのパーティーに来たのだ。

六畳間で、十数人が車座になって飲んだり食べたりした。グレッグは私の斜向《はすむ》かいに座っていた。フランスの画家が着るようなグレイのスモックを着ていた。他の人も何人もいたのに、私はグレッグとの会話しか覚えていない。大学で人類学、社会学を専攻しているというと、彼も国にかえったらGIビル（帰還兵に与えられる学資）を使って大学に行きたい、やはり人類学か社会学を専攻したいという。愛読書はヘルマン・ヘッセ、ことに『シッダールタ』に感銘を受けたと言った。

最初の出会いからとても波長が合い、次の日から毎日行動を共にするようになった。私はほとんど学校にも行かず暇だったし、グレッグも三年間の試練の時を経て、将来を考えるためにも京都ではリラックスしていたので、私たちにはたくさんの時間があった。

彼と出会って、私の京都での生活範囲は急に広がった。それまでは学校とアパートの往き来以外にはあまり出ることもなかったのに、グレッグはロック・コンサートや、新しくできた喫茶店、京大西部講堂でのミュージカル『ヘアー』の公演など、次々に行くところ、することを見つけてくる。

出会ってまもなく、北海道へ行こうという。北海道なんて、何カ月も前から予定をたてて、貯金をして行くところだと思っていたのに、何気なく実行してしまう。オートバイで舞鶴からフェリーに乗り、小樽に上陸、網走、稚内、知床などを回り、青森、秋田から、新潟、富山、福井を経て、京都に帰って来た、この十八日間の旅は忘れられない。

この頃の北海道は、一九七二年の札幌冬期オリンピックに備えて道路工事があちこちで行なわれていて、オートバイでの砂利道行は体に応えた。外国人がオートバイに乗っているのが珍しくて目立ったのか、毎日のように警官に停められ、私たちはそのつど憤慨していた。夜はたいていユースホステル泊まり、朝、昼、晩とほとんど三食ともラーメンですごし、十八日間で一万八千円しか使わない貧乏旅行だったが、そんなことは少しも気にならなかった。

グレッグは英語を教えるかたわら、大徳寺で座禅をしたり、柔道をならったりし、私は喫茶店やバーでアルバイトをしながら卒論を書いていた。グレッグはカメラを買い、写真家になるという気持ちを強くしていった。お互いに夢があり、グレッグは写真家に、私は人類学者になって、世界の未開地を旅しようと、よく話し合った。

このころ彼は私に、ベトナムで枯葉剤を浴びたので、子供はできないと伝えた。でも、私にとってそれはあまり重要なことではなかった。家族を持つということは、当面切実な問題ではなかったし、のんびりした平和な日本に住んでいた私にとって、ベトナム戦争や枯葉剤は新聞の見出しにすぎなかった。

枯葉剤のことは、彼の死に直面するまで、すっかり念頭から去っていた。

3　韓国への旅

一九七四年、私たちは持ち物をすべて処分し、身の回りのものを二つのリュックサックにいれて、世界漫遊の旅になるはずの出発をした。韓国、東南アジア、アフガニスタンを経て、ヨーロッパに行き、その後アメリカに行って大学に入るという予定だった。

七四年の韓国は、朴正熙《パクチョンヒ》政権の独裁のもと、民主主義は抑圧されていた。そんな政情下ではあったけれど、ソウルは活気に満ちあふれ、戦後まもない日本のようだといわれ、混沌とした魅力に満ちていた。私たちは、世界発見の旅の第一歩を踏み出した興奮に浸っていた。

私たちが初めて韓国を訪れたのは一九七二年のことで、私にとっては、六六年に米国から帰国して以来、初めての海外旅行だった。グレッグは当時、観光ビザで日本にいたので、三カ月に一度は国外に出なければならず、そのためには、多くの外国人がそうしていたように、韓国が手軽な行き先だった。

大阪の伊丹空港から発った飛行機は、日本人男性の旅行客でいっぱいだった。韓国のキーセン・パーティーがはやっていたころだ。外国人はグレッグだけ、女性は私だけ。機内にはもうもうとタバコの煙がたちこめていた。

その時の韓国での逗留先は、ソウル郊外のソンブクドンにある大きな邸宅だった。梁《はり》には「海龍、昭和九年棟上げ」と日本語で書いてある。家屋自体にも日本風がずいぶん取り入れられているようで、戦前は日本人地主のお屋敷でもあったのだろうか。そこに、グレッグの友人で、朝鮮ホテルのＰＲ誌などの発行をしているアメリカ人のケン・シンクが住んでいた。広い庭のある贅沢な家で、当時ソウルに駐在していた欧米のビジネスマンたちのたまり場でもあった。

私には慣れない世界で珍しくはあったが、なんとも植民地的な雰囲気で違和感を感じた。メイドさんが掃除をしたり料理をしたりするのに、イギリス人の奥さんがいろいろ指示するのも、居心地が悪かった。

ソウルの町は薄汚れ、練炭をのせたリヤカーが行き交い、東大門の市場にはキムチ用の白菜が山積みにされていた。肉屋の店先には豚の頭部がごろごろ並び、不気味ではあるものの、その迫力に惹かれた。見たこともないおいしそうな食べ物が並ぶ屋台は、食いしん坊の私にはとても魅力的だったが、グレッグはちっとも興味をしめさないので、つい言いそびれ、食べ損なった珍味がたくさんある。

私たちより少し年上の日本人の友人は、二十年前の、戦後まもないころの日本のようだとよく言っていた。

韓国はベトナム戦争の時、アメリカに協力し、数万人の兵士をベトナムに送った。運転手をしていたTさんはベトナムに派兵された韓国兵士の一人で、そのことをとても誇りに思い、同じベトナムにいたグレッグにずいぶん親近感を持ったようだ。いかつい顔をした中背の、がっしりした体格の人だった。会うたびに、ベトコンをどうやって何人殺したかという武勇伝を話したがり、グレッグはやむなくふんふんと聞いていたが、辟易していたようだった。私は、Tさんが、所属していたというタイガー部隊のことをどうして自慢げに話せるのか、理解できなかった。

韓国ではそのころ、貧困から抜け出し社会を改善するためのセマウル運動というのが行なわれていた。地域社会が一体となって、新しいコミュニティーを作り出そうというものだ。これは独裁的な朴政権のもとで、国民を政府の管理下に置くことが目的だったと思う。

しかし当時の韓国社会は、日本が失ってしまったダイナミズムに満ちていた。人々は貧しかったが、伝統的な生活がいたるところに残っていて、写真家としての一歩を踏み出したばかりのグレッグには、魅力的な被写体に満ちていただろう。小母さんたちがしゃがんで井戸端会議に余念のない市場の様子、あちこちにある黒ずんだ廃品回収業者の店、街角で空き缶をストーブがわりに薪を燃やし暖をとる人々、屋台の食べ物屋、伝統芸能、工芸品など、そのとき彼が撮ったたくさんの写真が残っている。

　このころの韓国では米軍の存在が大きく、アメリカ軍人と韓国社会の関係も、グレッグがよく題材にしたもののひとつだった。貧しい韓国社会における異質な存在、浮いた存在だった米軍基地と、それを取り巻く人々。これも、日本の戦後のイメージと重なる。

　七四年に訪れた時は、かつて離宮があった秘苑に近い、雲堂旅館《ウンドンヨグアン》に泊まった。雲堂旅館は伝統的な韓国風の宿で、縁側に面したそれぞれ四畳半から六畳くらいの部屋の隅には、布団がつまれ、床はオンドルで暖房していた。どこからか、韓国の伝統楽器で琴に似たカヤグムの調べが流れ、中庭の真ん中にある台所からは、いつも金物の食器がぶつかりあう音がしていた。食事は小さな金属の皿がいくつも並べられ、キムチや小魚などが何種類も出された。食事を運んでくる女の子たちは、私たちが食べ終わるまでじっと脇で見ていた。

　けっして贅沢な宿ではなかったけれど、共同の流しで洗濯をしながら、私はグレッグと共に新しいアドベンチャーが始まるのだと、浮き浮きしていた。

　私はその頃、「自己を忘れ、参加すること（to lose identity and to get involved……）」と題して、次のようなことを日記に記していた。

「一九七四年二月四日。

ソウルの町をうろついている私は何者なのだ。アメリカ人観光客やＧＩ、韓国人のビジネスマン、ドレスアップした中流以上であろう婦人たちの中にいて、私は何者なのだ。あるいは黒々とした泥道の真中と両脇にところ狭しと並ぶマーケット、そして自分の商売道具である一甕のキムチを前に、寒風の中で一日中しゃがみ込んで、隣り近所の同じような物売りたちとおしゃべりしている小父さんや小母さんにとって。

構えずに巻き込まれること。

現実はどこにあるのだろう。ほとんど一週間、こうしてソウルの町をうろついているが、言葉がわからないこともあって、何をしてもよそものでしかあり得ない感がある。

あんなに長いあいだ心に決めていた日本脱出なのに、これからもこんな日々が続くのでは耐えられない。Involvement――参加する――手段を探らなければならない。

見たことのないもの、行ったことのないところ、会ったことのない人々を求めてやって来た韓国は、確かにそれらのことや、物や、人々を、私に見せてくれた。ところが、この地から遠く満州にまで、かつての日本の貪欲で利己的な手がのびていたことを、あちこちで思い起こさせられるのは、なんという失望だろう。

しかし、かつての大日本帝国の文化がどんなに浸透していようと、この地で生まれ育まれた文化はあくまでしっかり根をおろし、根こそぎ倒されることはないのだ。

アジア的貧困という。世界の人口の半分以上はアジアに住み、その最も多くは中国に、二番目はインドに住んでいるそうだ。

ほぼ十年前の昔、米国留学から帰って間もない頃、その国の文化（経済？）水準はトイレットペーパーの紙質でわかると誰かが書いているのを読み、妙に納得した記憶がある。そのころ、一九六六年の日本は、確かに今とはずいぶん違っていて、トイレットペーパーの紙質に限らず、日常使う細々としたものが、いかにもちゃちで粗末だった。それが今や経済大国と称し、誰もが綿のように柔らかいティッシュペーパーを使い、お腹をこわして何度トイレに通おうが気にならないような優しいタッチのトイレットペーパーを使っている。気がつかない間に急速に、しかもあまねくアメリカの大衆消費文化が、私たちの間に根をおろしてしまっているのだ。

韓国は終戦直後の日本のようだと言う日本人に、ときどき会う。終戦直後の日本を私は知らないが、さもありなんと思われることはしばしばある。

ソウルに来て、トイレットペーパー、食堂で出される紙ナプキンを見て、十年前に読んだその記事を思い出した。韓国の僻地の村に行って不便を感じても、そんなものだと思ってあまり気にならないのだが、ここソウルでは、つまり人々がみな韓国の立ち遅れを嘆き、文化の遅れを恥じ、一心に経済成長をめざしているこの首都では、なぜか物の質の悪さがことさら眼につく。

ソンブクドンの、アメリカ人の友人ケンの家には、最新のアメリカの雑誌が嫌というほどある。大判雑誌でインテリア・デコレーションに何十ページものスペースをさき、ありとあらゆる家の装飾の可能性を追求しているかと思えば、末尾のショッピング・ガイドにはイングリッシュ・マフィン専用の保存箱、家庭で散髪するための髪受け、いびきをかかないためのマスクと、雑多な、まず必要とも思えない小物に事欠かない。（二〇〇八年の今、これらは日本でも当たり前になってしまって、一九七四年に奇異に思えたことの方が不思議なくらいだ。）

これが、欧米的豊かさというものか。アジア的貧困が、この欧米的豊かさに追いつくとき、我々を待ち受けているものは何なのだろう。しかも今、アジア的貧困は一途に欧米的豊かさに向かって、懸命にアクセルを踏み込んでいるのだ。」

韓国にいる間も、気持ちは南へ南へと向かい、飛行機が飛ぶのを見るたびに、東南アジアの国々を夢見ていた。

幸か不幸かそんなころから、グレッグには写真家としての仕事が次々に入りはじめた。当時としては最高級だった朝鮮ホテルのPR誌用の撮影や、経済発展政策で欧米からどんどん進出していた企業からの仕事が続き、なかなか南へ発つきっかけが見つからなかった。

そのころ、日本と韓国の関係は緊張していた。一九七一年に国家非常事態宣言を発令し、自らに権力を集中した朴大統領は、秘密情報機関ＫＣＩＡの力を駆使し、反対派を駆逐した。一九七二年には戒厳令を敷き、北朝鮮からの脅威を口実に反対派の弾圧を強めていった。一九七三年に東京のホテルから拉致された金大中氏の事件をきっかけに、日韓関係は危機的状況に陥っていた。

大きな政治の流れは、それと気がつかないうちに、小さな個々人の生活を支配するものだ。日本人である私は、ビザを十五日間しか発給されず、その度に日本に帰るという生活をしばらく続けた。グレッグは南に行く気配もないし、日本に帰ろうとする様子もない。

ここで、私たちの世界一周旅行の夢は終わり、私は、その後三十年以上も続けることになる写真通信社に入った。グレッグも東京を拠点に、写真家としての仕事を続けていくことになった。

日本に帰った私は、以前しばらく勤めていた大阪の関西ケーブルテレビジョンで、ニュースデスクのような仕事を週二回、東京で英語塾の講師を週に二回、そしてちゃんと住むところがなかったので、実家のある長野県須坂市に週末は滞在した。東海道新幹線しかない時代に、この三角形をぐるぐる回るという暮らしを、数カ月間続けたと思う。

いつまでも定職につかずふらふらしている私を心配した母は、国連が日本人職員を増やそうとしているという新聞記事を読み、応募するよう勧めた。母の言うことにはまず一応は反対してみる私だったが、この件は面白そうでもあったし、チャレンジングでもあったので、応募することにした。世界史や経済・社会などの試験もあるというので、大学受験以来の猛勉強を三カ月ほどして、試験には無事合格した。しかし、試験には受かったものの適切なポジションがなかなか見つからず、その後数年間、何度か話があったにもかかわらず、結局国連でポストにつくことはなかった。一度はニューヨークの国連で、国際会議のコーディネーターのような仕事をする可能性があったのだが、インタビューに行く旅費はこちらもち、採用の保証はなしということで、そんなお金があるはずもなくあきらめた。あのとき行っていたらどんな人生になっただろうと、その後折にふれ思うこともあった。

グレッグは韓国の生活が楽しかったようだが、時々は日本に帰ってきた。

4　写真通信社の仕事

そうこうするうちに、私は『ジャパン・タイムズ』で、東京の写真通信社の社員募集の広告をみつけて採用された。社長はアメリカ人、奥さんの専務は日本人で、私は通訳として雇われた。月給は十二万円だった。フォト・エージェンシー（写真の権利売買業務）というのが仕事の内容だった。一体何をする会社だろう、写真関連の会社なら、グレッグの仕事とも大いに関係があるかもしれない、などと思いながら応募した。

学生時代からずっと京都にいた私には、東京はとてもまばゆく、正直怖《お》じ気《け》づいた。私を雇ってくれたインペリアル・プレスというその会社は広尾にあり、昔風の二階建てのしもたやだった。家の前には生け垣と池があり、さびれてはいたがかつてはなかなかの家だったのだろう、畳の上には絨毯がしかれ、一階にも二階にも、灰色のスチールキャビネットがところ狭しと並べられていた。

この会社はニューヨーク出身のアメリカ人、デイビッド・ジャンペルさんが、一九六七年に始めたもので、もともとハリウッドの映画情報誌『ヴァラエティ（Variety）』の特派員だった彼が、仕事を通じて得た写真家たちとの関係を生かして、映画俳優などの写真を日本の雑誌に提供するところから始まった。帝国ホテル（インペリアル・ホテル）の一室で創業したので、インペリアル・プレスと名付けたそうだ。（しかし私はこの名前になじめなくて、後に会社を引き継いだ時にはインペリアル・プレス・ジャパンの頭文字をとってアイピージェーと改名した。インペリアル・プレスですと言うと、ああ、帝国通信社ですかという年配の方もいたし、昭和天皇が亡くなった時には、ブラジルの日系人からの香典が誤配されたりもした。）

私が入社したころは事業は拡大していて、世界の主要な写真エージェンシーの多くを代理するようになっていた。私の仕事は、社長のジャンペルさんと日本人従業員の通訳をしたり、海外のニュース写真のキャプションの訳文を作って、モノクロ・プリントの裏に貼ったりすることだった。

彼の代理でいろいろな雑誌社の編集者に電話したりもしたが、電話の向こうの集英社とか小学館、講談社といった大出版社は全く知らない世界なので、そこの編集者がどういう人たちなのか、電話をかけるたびに怖じ気づいていた。大会社対「出入り業者」という図式を感じることもあった。

時には山ほどのニュース写真や、歴史的な写真の整理もした。レバノン紛争、ニクソン訪中、そして少し後には毛沢東の死などの写真が印象に残っている。

扱っていた写真の多くは、ロックスターや映画俳優などの芸能ものだったのだが、まれには時事的なものもあり、そんなときは国際ジャーナリズムの世界に、少しだけ近づいたような気がして嬉しかった。

ある日、相変わらず韓国と日本を行き来していたグレッグに、幸運が訪れた。雑誌『ライフ』が写真家を求めているという。

「再創刊されたばかりの『ライフ』誌のエディターが、東京に来た。誰かがカクテル・パーティーで僕のことを、たまたまそのメル・スコットという名のエディターに話した。そこで、そのころはまだ目新しかったカラーゼロックスの作品サンプルを、タイムのオフィスに持っていった。メルはそこに座っていて、僕はどきどきしていた。彼は落ち着きなさいと言い、僕の作品を点検し、仕事をあげるよと言った。が、そう言って彼は出て行ってしまった。その翌週、彼から電話があり、仕事をもらった。」（二〇〇〇年、『ジャパン・タイムズ』の記者ヴェリサリオス・カトゥーラスのインタビューに答えて）

それは、噴火爆発したばかりの北海道の有珠山《うすざん》を、フランス人の火山学者ハルーン・タジフ氏と訪れるというものだった。せっかくの機会だから私も一緒にと、登山靴まで買って楽しみにしていたのに、前日に社長が急病になり同行を断念しなければならなかったことを、いまも残念な気持ちで覚えている。

グレッグは興奮して帰って来た。著名な科学者と、世界的に話題になっていた火山の撮影行ができるなんて！　写真は『ライフ』誌に見開きで掲載され、彼の写真家としてのキャリアの突破口になった。

この頃から、グレッグの最期の時まで、私たちは写真という表現方法を介しても、助け合い、助言しあいながら、二人三脚の歩みをつづけた。それぞれに別の世界を持ちながらも、彼が海外で取材したものを私が日本の雑誌に紹介したり、海外での取材のコーディネートをする一方、グレッグは様々な取材を通して知り合った写真家仲間を、エージェンシーに紹介してくれた。

ただ、いま振り返って残念なのは、私はビジネスの側に重点を置かざるをえず、「売れるか売れないか」で写真を判断するようになってしまい、写真を見る感動を長い間忘れてしまっていた。本格的にエージェンシー・ビジネスに関わる以前、ユージン・スミスの水俣の写真で、母親と水俣病の娘がお風呂にはいっている写真をみて涙した私は、どこかに行ってしまっていた。

そんな私を、ときどき「正気」に戻してくれたのはグレッグだった。

韓国では、一九七二年の戒厳令以降、憲法改正への要求が高まり、学生運動は勢いを増していった。一九七〇年代後半から八〇年にかけて、長いあいだ軍事政権下におかれ抑圧されていた不満が、ことに学生やインテリの間で爆発寸前になっていた。

『ライフ』での写真掲載以降、グレッグは、同じタイム・ライフ社が発行する『タイム』誌との関係も密接になり、国際ニュースのなかで比重を増していた韓国での取材依頼が、頻繁に入るようになる。

3　ベトナムへの帰還

1　フィリップ・ジョーンズ＝グリフィスとの出会い

本格的にフォト・ジャーナリストとして活躍しはじめたばかりのグレッグにとって、当時写真家集団マグナムの会長だったフィリップ・ジョーンズ＝グリフィスとの出会いは、その後二十五年間つづく友情の始まりであり、写真についても世の中のさまざまな不正についても、尽きることなく話し合える師、同僚との出会いだった。

フィリップは、グレッグとの出会いを次のように語っている。

「グレッグと最初に会ったのは、七〇年代の後半だった。たしか七七年だったと思う。韓国でのことだ。たまたまソウルの街角で出会った。第一印象で、なんてアメリカ人らしくない男だろうと感心したことを覚えている。高級ホテルに滞在する多くのアメリカ人ジャーナリストとちがって、彼は韓国式の安宿で、床に寝るのを何とも思わなかった。親しくなるにつれ、彼こそ本当の、一番いい意味でのアナーキストだと思うようになった。彼は人の言葉を鵜呑みにせず、その裏側を追求し、

フィリップ・ジョーンズ＝グリフィスとグレッグ（カンボジア、1990年代前半）

必ず疑問を投げかけた。私は彼に惹かれた。」

フィリップ・ジョーンズ＝グリフィスはウェールズ出身のイギリス人の写真家で、一九七一年に発行された写真集『ベトナム・インク』は反戦のメッセージを強く訴え、ベトナム戦争反対の世論を呼び起こす大きな力となった。そのころの様子を思い出してフィリップは、「とにかく、たくさんの人たちに実情を知ってほしかった。立派な写真集でなく、トイレットペーパーに印刷してでも、戦場の実際をより多くの人々に伝えたかった」と語っている。

フィリップとグレッグは韓国で出会った後、ベトナム、カンボジア、日本での取材をともにすることが多く、最期まで最も近しい親友の一人だった。

私には話さなかったことも、フィリップには話していたようだ。

「彼はとても若い時に軍隊に入り、ベトナムに送られた。即座にこれはなにかおかしいと気づいた。アメリカがベトナムで行なっていたことは、どこか非常に間違っていると。

グレッグは、ベトナム時代に、何度も枯葉剤を浴びたと話していた。彼が駐屯していた場所は、ことに枯葉剤が多く撒かれた所だった。

この話が出たのは、なぜ奥さんの雅子さんとの間に子供がいないかということについて話していた時だ。枯葉剤をたくさん浴びたため、子供を作るのはリスクが大きすぎると言っていた。」

韓国では、その後も激しい反政府デモが続き、一九七九年の朴大統領の暗殺後に軍事政権を握った全斗煥《チョンドファン》大統領の圧政のもとで、八〇年五月の光州事件が起こる。このとき二百人もの犠牲者が出た。この流血の惨事を機に、全政権は崩壊の兆しを見せはじめる。

韓国での写真は、一九八二年に銀座のキャノン・ギャラリーで展示され、彼にとっての韓国とのハネムーンは、ここで一つの区切りとなった。

一九八七年、全斗煥大統領の強権政治が終わり、その後政権下での腐敗がどんどん露呈してゆく。盧泰愚《ノテウ》、金泳三《キムヨンサム》、そして金大中《キムデジュン》大統領へと政権が移り替わるなかで、韓国は徐々に民主化し、近代化していくが、グレッグはその変遷を見続けてきた。

韓国は弾圧の下で、一九六〇年代から激しい学生デモを経験してきた。光州事件後も、八二年の釜山《プサン》のアメリカ文化センターの放火、八五年五月のソウルのアメリカ情報局ビルの占拠など、反米を掲げ、火炎瓶や投石などによるデモが繰り返された。学生デモがあるとニューヨークから呼び出しがかかり、グレッグは頻繁に東京—ソウル間を往復した。

学生たちは、光州事件の背後には全大統領を支持するアメリカの影響があると信じていた。また朝鮮半島が二つの国に分断されているのも、アメリカに責任があると見ていた。八〇年代後半のソウルの学生デモで、グレッグは一度は腕を骨折し、一度は石をなげられて顔を負傷した。アメリカ人として、ジャーナリストとして、反感をもたれていたと感じた。

八〇年代に、グレッグは金泳三、金大中両氏と、取材を通して親しくなり、反体制の詩人として名高い金芝《キムジ》河《ハ》氏とも親交を得た。金芝河氏が毛筆で描いた、カメラを下げたグレッグのだるまの掛け軸は、今もわたしの宝物である。

金芝河が描いた「カメラを持ったグレッグだるま」

いつまでも続く学生デモに辟易したのか、韓国の最も流動的な時代は終わったと感じたのか、彼の興味はいつしかベトナムに集中するようになる。韓国は盧泰愚政権のもとで、八八年のオリンピック招致にすべてを賭け始めていた。一方、東南アジアでは、七五年にベトナム戦争が終結し、面目を失ったアメリカはベトナムに対して経済制裁措置をとり、ベトナムは、長い戦争で荒れ果て貧困化した国家の再建に取り組んでいた。そんな中で、フィリップは戦後のベトナムを訪れた最初の写真家の一人だった。一九八一年のことだ。

私はそのころ、小学館から創刊された写真誌『写楽』に寄稿していた。

金大中氏を取材中のグレッグ（ソウルにて、1980年代後半か90年代前半）

グレッグの紹介でフィリップに初めて会い、インタビューすることになった。『写楽』に寄せたその時の記事である。

「もう一昔も前のことになる。一九七一年、ベトナム反戦運動がたかまりつつある中で、『ベトナム・インク』という一冊の写真集が出され、人々にベトナムで「何が本当に起こっているか」を教えた。フィリップ・ジョーンズ＝グリフィス。この本の著者である彼は現在、ニューヨークとパリに本拠をおく写真家集団マグナムの会長でもある。

ベトナム以後、アジアでの生活は長く日本にもしばしば立ち寄る。

日本のみならずアジアで取材していて頭が痛いのは、ひげ面で群を抜く大男ゆえ、こっそりシャッターチャンスをものにするのがむずかしいこと。先日も銀座で親子連れの写真を撮ろうと思ったら、母親がすかさず子供をフィリップに押し付け、「ごめんなさい。ちょっと記念に一枚」とパチリ。あっけにとられたフィリップは「ひげをそったらこれほど珍しがられないかなあ」とポツリ。

坂田　昨年、ほぼ十年ぶりに訪れたベトナムはいかがでした？

フィリップ　空気はずっときれいになっていたし、大通りを疾走するジープや毛むくじゃらの白人の大男たちの群れが姿を消して、ずっと気持ちよくなっていた。イチゴやマンゴーは昔と同じようにおいしかったしね。

だが、いやでも眼につくのは勝者と敗者の違いだ。以前、対米協力者だった人たちは小さくなっている。それぞれ胸に大変苦しい思いを秘めながらね。無理もないよ。十年間、その富と力をひけらかして、これこそ善なのだとベトナム人にその価値を押し付けていたアメリカが、ある日突然背をむけて、姿を消してしまったのだから。サイゴン——今のホーチミン市でも、未だにアメリカの影響から抜けきれない若者たち——夜遅くまでオートバイを乗り回し、「アイ・アム・ザ・ボス」などと書かれたTシャツを着てデザイナージーンズをはき、定職もなくぶらぶらしている若者たち——が大勢いる。ベトナムの人たちはなべて寛大なんだな。「被害者」だった人たちは、「加害者たち」に対して罰すべきは彼らじゃない、彼らは何も知らないでアメリカの言う通りになったんだ、となんの制裁も加えていない。政治犯を収容していて悪名高かったある刑務所が解放された時、囚人のリーダー格だった男の話がある。彼がまだ刑務所に囚われの身でいる時、看守が彼の妻と子供を連れて来た。妻と子供は彼のまえで暴行をうけ殺された。刑務所が解放され、立場が入れ替わった時、彼はこの看守を取り調べることになったが、彼は書類に眼をおとすだけで、元看守を正面から見ることさえしなかったというんだ。彼にインタビューした記者は合点がいかず「なぜ、彼を殺さなかったんだ。殺さないまでも、股ぐらを蹴飛ばすくらいしてやればよかったんだ」と息巻いていたが、ベトナム人には我々のような懲罰の観念がないのかも知れない。

戦争時代のアメリカの影響がなくなり、勝者と敗者の別なくベトナムがベトナムらしい国になるには、あと二世代くらいかかるだろうね。今、ベトナムを取材していて一番興味を惹かれるのは、やはりこの勝者と敗者の間に存在する埋めがたい溝だ。

坂田　ベトナムには一九六八年から七一年までいらしたわけですが、戦争に行くのは怖いと思いませんでしたか。強制されたわけでもないのに、なぜ戦争に行くんですか？

フィリップ　怖くなかったと言えば嘘になるね。確かに戦争好きのカメラマンというのはいる。戦争というとエキサイトする人たちがね。だが、僕は違うな。僕は歯医者に行くのだって怖くてしかたないたちだからね。僕は戦争があれば駆けつける戦争カメラマンではないし、そう思われたくもない。ベトナムに関しては、戦争という以外の面で大変興味をそそられた。あれだけの金持ちの国アメリカが、米を作ることしか知らない農民に、なぜあれだけ翻弄されていたかにね。

ベトナムには、最初一冊の写真集を六カ月でものにするつもりで行った。ところが行ったばかりは何がどうなっているのか、さっぱり分からない。いろいろな事が起きるのだが、それらの出来事を筋が通るように自分の中で組み立てることができないんだ。アメリカは「ベトナム人はアメリカが大好きだ」といっているが、そうでないことはかなりはっきりと見えていた。観察すればするほど、理解すればするほど、いったい何が起こっているのか突きとめなければならないという思いに駆られたんだ。最初予定していた六カ月では答えはでなかった。予定をのばして十八カ月滞在したが、それでもまだ何か足りないことがある。確かに戦闘場面や戦争の悲惨さは撮れた。だが、それだけでは「これがベトナム戦争だ」とはどうしても言えない気がした。その足りなかったものとは、例えば、ベトナム民衆がいかに親米的であるかを毎日パーセンテージでしめす米軍のコンピューター、米兵相手の売春婦の生活、市場に出没する年端《としは》もいかない子供のスリなど、戦闘を離れた場でアメリカがベトナムにどんな影響を与えていたかを示すことだった。

写真集を『ベトナム・インク』と名付けたのも、この最後の段階になって、アメリカのベトナム侵攻とは、ベトナムにアメリカの文化と価値を売り込むための「商社活動」にほかならないということがはっきりしてきたからだ。

僕は戦争専門のカメラマンではないが、社会問題には非常に関心を持っているし、政治的な信念も持っている。世界のどこかでいつも戦争は起こっているし、そういう場所にはやはり機会があれば行きたいと思う。ベトナム後もカンボジアと中東戦争を取材したが、ベトナムにくらべたらやりがいがなかったね。ことに中東戦争では、ファインダーに入るものといえば戦車ばかり。そこには人がいなかった。「人」のいない戦争なんて退屈だ。兵隊たちは僕のいう意味での人ではないからね。彼らは戦争のために利用される機械にすぎない。

フィリップの写真集『ベトナム・インク』表紙

もし、僕が米軍人としてベトナムに行っていたら、最初の日に逃げ出していただろうね。だが僕は自分の自由意志で行ったのだから、どんな危険な目にあっても逃げ出そうとは思わなかった。米兵たちは、僕が誰かに強制されてベトナムにいるか、そうでなかったらどこかから、よっぽど巨額のお金をもらっているに違いないと思っていたようだよ。現実はベトナムにいるあいだ中、僕はほとんど文無しだったのだがね。

坂田　十年後の今も、『ベトナム・インク』に収められている写真は大変感動を呼びます。先日も友人が涙をためながら写真に見入っていましたが、人々が自分の撮った写真にあれだけ感動するのを見るのは、カメラマンとしては本望でしょうね。

フィリップ　確かにそうだ。私はこの本をできるだけ力強く訴える本にしたかった。しかもいたずらにセンセーショナルな安っぽいトリックを使わずにね。僕はいわゆるショッキングな写真は一枚も使わなかった。見るからに胸の悪くなるような残酷な写真も山ほど撮ったが、それらを使うのは意識的に避けたんだ。本を編集している時、編集者が「やあ、この写真は使えないな。ショッキングすぎる」というと、僕は箱にいっぱいしまってあったこれらのプリントを見せて、「何がショッキングなものか。ショッキングとはこういう写真のことをいうんだ」と言ってやったものだ。

坂田　なぜそれらの写真は発表されなかったんですか。いくらショッキングでも、胸が悪くなっても、現実は現実でしょう。

フィリップ　（一枚の写真を指差して）この泣き叫んでいる女性はひどい傷を負っていた。肉はそがれ骨が露出し、傷口にはうじがわいている。その傷のクローズアップを撮ることが現実を伝えることなのか、それとも彼女の悲痛な表情に現実をより雄弁に語らせるか。僕は後者だと思う。あまりに悲惨な写真だと、読者は目を背けてしまう。それでは、カメラマンのメッセージが人々に伝わる望みは全くなくなってしまうじゃないか。この本が四ドルという安い価格で売られたのもそのためだ。本が出ることになった時、紙質だとか印刷方法にことごとくうるさい注文をつけてくる、マグナムの大先生方に慣れている出版社は、僕もどんなうるさいことを言ってくるかびくびくしていたようだが、僕は「もし一〇〇万部印刷してくれるなら、紙はトイレットペーパーだってかまわないさ」と言ったものだ。そうなって、すべてのアメリカの家庭のトイレに僕の写真が備え付けられれば、願ってもないことだからね。トイレでしゃがみこんで読む時は、みんな非常に集中して読むものだよ。まあ、これは冗談にしても、出版社は僕の意を汲んでくれたようだ。大切なことは、できるだけたくさんの人にメッセージを伝えることなのだから。

僕がなぜ写真家になり、そしてこれからも写真家であり続けるかを説明するために、ひとつのエピソードを紹介しよう。

「人間家族（Family of Men）」という題で世界中から集められた写真の展覧会が、一九五五年から五年間、世界を巡回して話題を呼んだ。この写真展がペルーで開かれていた時だ。写真展の最後の日、閉館まぎわに、二〇〇〇人ほどの農民の群れが会場にどっと押し寄せた。アンデスの山の中で、風の便りにこういう写真展が開かれていると聞いて、三日もかかって山から降りて来たんだな。彼らのために閉館は延期され、写真展は続けられた。あるものは写真の前に立ち尽くし、あるものは座り込んで数時間もそこにいたという。感動のあまり泣きだす者もいた。この話を聞いて、僕はこれこそ写真の使命だと思った。本当にいい写真を理解するために必要なのは、深い教養でもないし、近代的な洗練されたセンスでもない。彼らをこんなにも感動させた写真には、そこに人間がいたんだ。僕はこういう「アンデスの農民たち」のためにこそ、写真を撮り続けていきたい。」

インタビューは、九段下のホテルグランドパレスで二時間ほどに及んだ。私は初めて会うフィリップに惹きつけられた。同行したグレッグは、インタビュー用のポートレートを撮影した。

なくしてしまったと思っていたこの記事を、おととい(二〇〇八年六月二十二日)見つけ、フィリップの話す内容があれ以降もずっと一貫していること、グレッグの考え方との類似点にあらためて気づき、私はこの時から、意識下でフィリップにずいぶん影響をうけてきたのだと思った。長い記事だが、これが彼の真髄だと思うので、ほぼ全文を引用した。

兵士として経験したベトナムを、写真家としての経験から語られるのを聞いていたグレッグの胸に、どんな思いが去来したことだろう。

2　戦後ベトナムからのレポート

フィリップの影響もあっただろう。またグレッグの中でも、戦争体験との折り合いがつき始めていたのかも知れない。それまでほとんど語らなかった戦争の体験を、ぽつぽつ語るようになった。

知り合って間もないころには、突然夜中にがばっと起きて、いま銃声が聞こえた、などと言うこともあったが、この頃にはそんなことはなくなっていた。はじめは、ベトナムで何をしていたのという問いに、「トラックの泥落としさ」などといい加減に答えていたのが、ジャングルでの戦闘経験や、上官との争い、反抗した上官に送られた基地で、ベトコンに襲われ危ない思いをしたことなど、少しずつ話すようになった。

それでも、過去のことはあまり話さなかった。彼が亡くなった夏、ベトナム時代の戦友で今はオレゴン州にすむマーク・ラングレンに話を聞いて、私はグレッグのベトナム時代の経験の一部を、あらためて知ることになる。マークはこんなことを語った。

「グレッグは第二二四航空大隊の、第五〇九ラジオ・リサーチ・グループに属していた。これは国家安全委員会（National Security Agency）の中にある情報局で、飛行機から敵軍情報を受信し、敵の居場所を各部隊に伝えるという仕事だった。グレッグはそのために、モールス信号を覚えた。僕もこの部隊に属していたのだが、六年前、同窓会をしようとしたとき、上院議員二名と四つ星元帥の承諾を得なければならないくらい、その存在は極秘にされていた。

グレッグはずいぶん危険な目にあった。いつも砲火にさらされていたんだ。僕も危ない思いはしたが、グレッグほどではなかった。これは、ナチャンとロンタンでのことだ。ロンタンのほうがひどかったかも知れない。

ロンタンはサイゴンから二〇マイルほど離れたところで、枯葉剤にひどくやられていた。僕はロンタンには、ある日の午後にいただけだった。泊まるのがいやで、そのままサイゴンに行ってしまった。昼休み、軍曹がいない間にサインして脱け出したんだ。ひどく気味の悪いところで、とてもいたたまれなかった。

僕は短期的に送られただけだったので逃げられたが、グレッグはそこで任務につかされていたので、六カ月も留まらなくてはならなかった。グレッグを嫌った上司が「デイビス、お前はあそこで

グレッグが69年から70年にかけて駐留していたロンタン基地の監視塔（1970年）

死ぬんだ」と言って、彼をロンタンに送ったんだ。僕らふたりは仲がよく、上に盾ついたので、別れさせられたのだ。

草木のない基地は、高いフェンスと監視塔に囲まれていた。グレッグは多くの夜を監視塔で過ごし、闇夜に見えない敵にむけて手榴弾を投げた。誰かを殺したかどうかはわからなかったが、朝になると死体がころがっていた。夜になるとベトコンも攻撃をはじめた。基地にロケット弾を打ち込んでくる。昼になるとふたたび平和が戻る。

グレッグは軍隊が大嫌いだった。軍隊が人間を扱うやり方に怒っていた。僕もそうだったが、グレッグほどではなかった。

ナチャンにいるとき、兵舎から何気なく外を見ていると、向かいの建物、一階は武器庫で二階は将校のオフィスになっている建物の階段を、グレッグが上がっていくのが見える。M-16を持っている。外に出て、「グレッグ、何してるんだ」と言うと、「フェンダーズを殺《や》るんだ」と言う。フェンダーズは曹長の名前だ。グレッグは本気で彼を殺るつもりだった。M-16には弾がこめられていた。彼は真剣に怒っていたんだ。ぼくはやっとの思いで彼を組み伏せ、思いとどまらせた。「落ち着くんだ、冷たいビールでも飲みにいこう」とね。

事の発端はこうだ。レッド・アラート（Red Alert＝最高厳重警戒体制）の時だった。死人も出ていた。でも何かの検査があるというので、車両置き場で、僕たちはトラックの泥落としをさせられていた。レッド・アラートの中でだぜ。グレッグはそれで頭に来たんだ。

僕たちは京都で、こういったもののすべてから逃れたかったんだ。

帰休で一緒に京都に行った時のことだ。人が集まって行進している、花をもってね。仲間に入るように誘われた。何のことかわからなかったけれど、行列に参加した。あとで、ベトナム反戦デモだと聞いて、そのまま歩きつづけた。」

きっとグレッグの京都へのあこがれは、このとき芽吹いたのだろう。

グレッグが亡くなったあとで聞くこれらのエピソード……。もっともっと彼のことを知っておきたかった。でも、彼がこれらのことを話したがらなかった気持ちも、よくわかる。

時は飛んで二〇〇八年五月、私は雑誌『世界』（岩波書店）の対談で、三十年以上も枯葉剤の取材をしてこられた写真家の中村梧郎さんに、初めてお目にかかることになった。中村さんは一九七六年から枯葉剤の被害に注目し、ベトナム各地、米国、韓国を深く広く調査し、撮影してきている

（その成果は『新版　母は枯葉剤を浴びた――ダイオキシンの傷あと』岩波現代文庫、二〇〇五年、にまとめられている）。

中村さんは一九八三年に、グレッグに会ったことがあるという。中村さんがニコンサロンで枯葉剤被害者の写真展をした際、グレッグから是非会いたいという電話があった。外人記者クラブでコーヒーを飲みながら、グレッグは中村さんに、「枯葉剤の問題について知りたいと思っている、ベトナムで起きていることは本当なのか」と尋ねた。「本当です、これが実態です」と答えると、グレッグは「私も枯葉剤を浴びた。この問題に関心があるのでベトナムに行きたい」と言っていたという。

私は当時、前出の『写楽』の仕事をしていて中村さんの写真を見ていたので、グレッグにそのことを話したことがある。彼は、中村さんなら僕も知っているよと言っただけで、それ以上のことは何も言わなかった。私は二十五年前の二人の出会いについて知り、驚愕した。

一九八〇年代の前半、ベトナムはまだ閉ざされていて、ことにアメリカ人がビザを発給してもらうのは困難だった。

グレッグは代々木上原にあるベトナム大使館に足しげく通うようになり、大使館の人たちと何度も食事をしたり、話しあって、親密な関係を築いていった。努力の甲斐があり、一九八五年、戦後初のベトナム行きが実現した。アメリカ人ジャーナリストが、しかも当時兵士として戦っていた人間が戦後のベトナムに入るというのは、珍しいことだった。十五年前、彼を無垢な少年から懐疑的な青年に変えていった、あの血にまみれた国に還るというのは、複雑な気持ちだったに違いない。

そのころ、だんだん日本に腰を据えるようになったグレッグに、日本の雑誌での仕事が入り始めていた。最初は『週刊ポスト』の特集のために、アメリカの政界や経済界の要人たちに電話インタビューをするというものだった。

教育社が画期的なサイエンス・グラフィック誌『ニュートン』を発刊したのもこの頃だ。グレッグはこの雑誌のために、世界の各地からフォト・レポートを送ることになる。インドネシアのボロブドゥール寺院の皆既日食、砂漠の中で消えつつあるアラル海、中国の山峡ダム、アレキサンダー大王の足跡を追ってイランからアフガニスタン、ウズベキスタンへ、などなど。

教育社からは『コモンセンス』という地理のグラフ誌も発行された。グレッグがベトナムのビザの入手に奔走しているころ、この雑誌の編集長だった寺門一夫さんにベトナムのストーリーを紹介したところ、ぜひうちの雑誌でということで、ベトナムでの取材が実現した。一九八六年のことだ。

グレッグの取材した写真は、『コモンセンス』八六年八月号に大きく掲載された。その記事は、グレッグの親友のオーストラリア人記者、マリー・セイルとの共同執筆による。

マリーはベトナム戦争当時、特派員としてベトナムをレポートしていた。フィリップとも親しかった。グレッグとマリーは、一九八二年にローマ法王が日本を訪問した際、広島、長崎の被爆者をとりあげた『サンデータイムズ』の取材のときから、お互いを深く信頼するようになった。

この時、実際にベトナムに行ったのはグレッグ一人だったが、彼はマリーを師と仰ぎ、ことに彼のジャーナリストとしての考え方と力量を高く評価し、このフォト・レポートの記事の執筆を依頼したのだ。

『コモンセンス』の特集は、まだ戦後の様子があまり報道されていない時代のベトナムの、貴重なレポートだ。この国が当時直面していた諸問題を、多面的にとらえていると思う。「ハノイからホーチミン・シティへ、戦後十一年のベトナムを行く」と題されたその記事の一部を、次に掲げる。

「―ひとつの国の中の〝二つの国〟―

かつて現代史の中でもっとも重要な戦争と思われたベトナム戦争が集結して十一年。今、ベトナムは一体どんな状況なのだろうか？

一言で言うならば、ベトナムは少なくとも平和だ。だが統一はまだかなり先のことで、繁栄など当面望むべくもない。名目的には南北両ベトナムは統一されたことになっているが、現実はいぜんとして二つの国が隣り合って不安を抱きながら暮らしているようだ。統制の厳しい、開発の遅れた北ベトナムが統治しながら徐々に近代化への道を歩みだしつつあるが、牽引役を果たすのは、征服されながら、壊滅を免れた南ベトナムである。しかし十八年間にわたる内戦で勝利をえたのはハノイであり、ハノイが首都になっている。

ハノイの戦争博物館の中央を飾るのは、撃墜されたB29の残骸だ。博物館の中には、インドシナにおけるフランス支配を終息させた、ディエンビエンフーの戦いの壮観なパノラマがあって、戦場を模型の戦闘機が飛び交い、高射砲が電気火花をちらしている。ベトナム軍が押し寄せ、ベトミン旗がフランス司令部の掩蔽壕《えんぺいごう》の上になびく。解説は各国語で録音され、この偉大なる勝利の模様を再現する。

ハノイをはじめ大都市には、たいていこうした戦時中の残虐行為の数々を展示する博物館がある。アメリカ人はベトナム戦争を忘れたがっているが、ここベトナムでは忘れることは許されないのである。

—ドルは西側との絆—

次に驚かされたのは、ハノイに限らずベトナムではどこでも、アメリカのドルが大手を振ってまかり通っていることだった。旅行者のホテルの支払いはドル、食事や土産物を買うのもドルでなければならない。日本円も通用する。そのほか二種類の、ドルに交換できる通貨が使われている。しかし、共産圏諸国の通貨はルーブルをはじめ、いっさいお断りだ。（ただしソ連人にはルーブルの支払いが認められているが、ハンガリー人、東ドイツ人、ポーランド人はドルで支払わなければならない。）

ベトナム貨幣のドンも信用を喪失している。公式には一ドルにつき一五ドンだが、昨年九月の破壊的な貨幣改革の結果、闇市での実際の交換レートは一ドル三〇〇ドンとなってしまった。外交官、政府高官、共産党幹部、海外に親戚を持つベトナム人など、容易にドルと交換できる通貨が手に入る人々は、みな闇市を利用している。

つまり、ドルがベトナムを他の先進諸国と結びつけているのであり、ベトナム政府が「帝国主義」と呼ぶ世界の交易システムとベトナムとの交渉も、やはりドルに依存している。

ベトナム政府はだれにもましてドルが欲しい。新しい知識、技術、スペアーパーツ、書籍、コンピューターなど近代化に必要なものの購入は、ドルなしでは済まされない。ヨーロッパの共産主義国にしても、これらは彼ら自身がほしがっているもので、ベトナムに援助する余裕などはない。彼らもドルがいる訳だ。

―戦争で得たもの、失ったもの―

「自由と独立ほど貴重なものはない」このホー・チ・ミンのスローガンは、ベトナム各地の壁に見られる。しかし闇市の存在は、ベトナム人もまた繁栄と進歩を渇望している証拠だ。そして繁栄と進歩は先進世界からのみもたらされるのだ。

物質的な欲望だけでなく、現代的な生き方にたいする欲求も強い。戦争は子供の頃の思い出にすぎないという世代が育ってきている。喫茶店でコーヒーをすすり、ロック音楽に浸る十代の若者たちは、社会主義的生き方の単調さに意識的に抗議している訳ではない。ただ世界を席巻している若者文化の仲間入りをしたいと思っているだけなのだ。しかしこうしたことができるのは、党幹部や金持ち、その他の特権階級の子弟だけである。

外国通貨も闇市も利用するあてのないベトナムの一般大衆はどうかといえば、ロック音楽などとは縁のありようもなく、ただプロパガンダを詰め込まれるだけだ。米の統制は厳しく、米以外の食料は手に入るが、値段は高い。ペン、鉛筆、歯ブラシのような、豊かな国では当たり前の品でさえ、なかなか入手できない。着ているものも質素だ。予防できる病気で死者がでるのも、新薬や医療器具の不足が原因だ。ベトナムが自力で生産できるのは、複雑なものといってもせいぜいが自転車程度で、それも部品はフランス製か日本製である。

ベトナムは確かに共産主義流の「自由と独立」を手にした。しかしそのために支払った代価はずしりと重く、支払いは今後限りなく続くことになる。

―北上する「サイゴン化」の波―

ホー・チ・ミン市――誰もがいまだにこの街をサイゴンと呼んでいる。市の人口は、戦時のピーク時の六〇〇万人からやや減少して四〇〇万人というところだが、それでもサイゴンはベトナム全土を通して最も活気のある街だ。

一九七五年のサイゴン陥落のあと、頑固なハノイの統制委員会は、清浄化長期計画に取りかかった。フランス人とアメリカ帝国主義者によって、サイゴンは堕落させられたと考えたからである。

ヴォー・グエン・ザップ将軍とグレッグ。将軍は北ベトナム軍総司令官として南ベトナム解放民族戦線を指揮し、ベトナムを再統一に導いた。後ろはホー・チ・ミン廟（1993年ころ）

しかしサイゴンは相変わらずサイゴンであり、堕落を極めたとはいえ、ベトナムきっての創造性に富む国際都市である。ここに将来の希望を託そうとするベトナム人の数は増える一方だという認識が、緩慢ながら、ハノイから南に送られた人々の間に芽生えつつある。

戦時の愛国の至情も、平和になると影が薄れてくる。経済成長を遂げるためには、個人の努力は個人の利益によって報われるという約束が最小限度必要であることを、ベトナム人は悟りはじめた。かつては盟邦、現在は敵国の共産党中国とても同じことだ。

サイゴンの人々は物質的な利益ということがよくわかっている。その他の動機などありうるはずもないのだ。

サイゴンは戦時、敵側に加担したとして制裁を受けた。その後、流れ者による略奪の憂き目にあい、さらに旧政権に対し中立の立場に立つ者や支持を表明した者、勤勉な華僑やインテリのベトナム人などの多くは、ボートピープルとなってベトナムを去った。いまだに一〇〇万人が出国を希望しているという。

サイゴンはこれらの打撃にも耐え抜いた。改革されるどころか、その影響力は北部にまで及ぶ。ハノイの闇市はサイゴンの大闇市の出店である。ハノイで人気のブルージーンズやロックのレコードも、すべてサイゴンからやってくる。ハノイは戦争には勝った。だが、サイゴンは不正入手のドルを掲げて、世界に対するベトナムの窓口の役割を演じ続けている。

―新しい協調の時代へ―

ハノイは遅かれ早かれ、外の世界と折り合ってその交易システムに参加せざるを得ない。さもなければ革命時に見られる、不満を抱く青年層に触発された自国人民の反乱という事態に直面することになるだろう。

他のアジア諸国と同様に、ベトナムも二十世紀という今の時代に自らを適応させなければならない。十九世紀のマルクス主義が役に立つとは思えない。ハノイの指導者は、世界のどの指導者グループよりも長く絶対的権力を掌握してきたが、すでに老齢に達し（チュオン・チン国家評議会議長は七十九歳、ファン・バン・ドン首相は八十歳）、退任の時が来ている。ベトナム人民は、新しい若い指導者のもとで、新しい政策を望んでいる。四十年に及ぶベトナム人民の苦難と犠牲がいくらかでも報いられる政策を。」

3　私のベトナム・カンボジア紀行

私がはじめてベトナムに行ったのは、一九八八年一月のことだ。そのころの日記に、こんなことを記している。

一月二十九日。

バンコックからベトナム航空機でハノイに降り立った。古びてガタピシ揺れる機内では、一時霧のようなものがたちこめ、いったい大丈夫なのかと心配したが、ベトナム人らしい他の乗客たちは至って平静だ。

薄暗いハノイの空港は、黒っぽい服をきて大きな荷物を抱えた人々（ほとんどがアジア人、たぶんベトナム人）でごった返していた。その中に混じり、藁半紙《わらばんし》を四つ切りにしたような書類に必要事項を記入し、入国手続きをする。全部一枚ずつ手仕事で確認していくので、時間がかかる。日本人も欧米人もほとんどいなくて、一人だけカナダから来たというインド系の女性に出会っただけだ。彼女は繊維関係の貿易の仕事をしていて、ベトナムで縫製工場を開く商談に来たという。こんな時代にもビジネスを始めようとする人がいるのだなと感心した。

心細い思いで外に出ると、雑踏の中にグレッグの姿が見えて一安心。彼は少し前からベトナムに取材に来ている。政府が手配してくれたという車で、暗い街道をハノイの街に向かう。街道沿いにちらほら見えるのは、ろうそくの明かりに照らされた小さな露天商。垂らされた幕に人影がほのかに揺れる。私たちのほかに通る車もない。

ハノイの夜。肌寒く、街は雨に煙っている。まさしくハノイの街は「街」という字にふさわしく、今夜の雨は「煙《けぶ》る」という形容にふさわしい。

シクロ(自転車タクシー)に乗ってゆく街路は、人影もまばらだ。路傍の家々の窓には、フランス風の鉄格子を通して青みがかった灯りがともる。それ以外には、街灯もない。夜の歓楽の気配もなく、時々、二人、三人、あるいは四人、五人の、自転車に乗ったグループが通り過ぎる。人っ子一人いない道を、まるまると太ったネズミが横切るのを見た。

静寂。がらんとした古びたホテル。大きな部屋が二つあって、一つの部屋には、からっぽの、電源さえはいっていない冷蔵庫と、六人分のお茶の用意がこぢんまりとされたテーブルがある。忙しい一日だった。明日、目覚めた後は何が待っているのだろう。ぐっすりと眠れそうだ。

一月三十一日。

ゆったりと時が流れてゆく。地上まで垂れ込めた雲が、霧のような雨となって、街はずっと灰色だ。もう二週間もこんな天気が続いているという。この時期特有の気候で、この冷たい雨がテト(旧正月)の訪れを告げるのだという。

ホー・チ・ミン廟《びょう》を訪れる。幾何学的な四角い灰色の建物の中、ひっそりとお棺の中に、この英雄は横たえられている。棺を守る四人の兵士の不動の冷たさには、背筋が思わず寒くなる。グレッグと私、そしてガイドのクアさんのほかには誰もいない。死して後、形骸だけがこんなにもリアルに残されるというのは、どういうものだろう。私たちが肉体と魂の統合体であることを考えれば、魂が去ったあとに体だけでも残されることには、それなりの意味があるのかも知れない。

ホー・チ・ミンの家を訪ねた。雨のなか、無人の庭にたたずむあずまや風の簡素な書斎は、見る者の心を鎮める。壁もなにもない吹きさらしの一階には、真ん中に会議用のテーブルが一つあるだけ。部屋を区切るものは、ホー・チ・ミンの大勢の孫たちが訪ねて来ては座ったという、丈の低い間仕切りのみ。二階には六畳か八畳ほどの大きさの板の間が二つあり、一つは本棚と机のある書斎、もう一つはベッドと机のある寝室になっている。この二つの質素な部屋が、すだれのかかった回廊に囲まれている。不要なものの何一つない理想の住まいだ。

三角の藁帽子のノンは、ベトナムの風景にかかせない。どんな景色の中でも、この帽子と自転車をおけばベトナムらしく見えるほどにベトナム的だ。私もマーケットで一つ買う。

タン・ヤ・ホテルはフォーリン・プレスセンターから近いため、外国人ジャーナリストの定宿だという。フィリピン、日本、アメリカの記者たちが集まって議論しているのを聞くのは、刺激的だ。中でもとりわけグレッグの話がおもしろい。二人の時にはこちらも熱心に聞かないし、グレッグも最初からあきらめてか、あまり筋道を立ててこういう政治情勢の話をしない。彼には彼のプロフェッショナルな生活があって、私には私のそれがある。日常、離れているだけに、こういう機会は得難い。私たちはつかず離れず、なかなかうまくいっているカップルだと思う。

プレスセンターが差し向けてくれる車がない時には、シクロで街に行く。レストランに行っても買い物に行っても、その間シクロの運転手はじっと待っている。いつも、にこにこ。支払いのときはその度に不服そうだが、いいお兄さんだ。二十歳そこそこかと思っていたが、グレッグによると、四十から四十五歳くらいだという。どこまで本当かわからないが、いずれにしても彼の生活というのはどんなふうだろう。何を考え、何を楽しみに一日を送っているのだろう。

彼に限らずハノイの街の人たち、一日じゅう戸口に、あるいは泥だらけのマーケットにひとかごの野菜、あるいはバゲット、あるいは肉のかたまりを前にたたずんでいる人たち。過去について何を思い、将来にどんな希望をいだき、日々の生活に何の慰めを見いだしているのか。

二月二日。

今朝のハノイは久しぶりに雨があがって、曇り空ながらも少し明るみを増していた。道路脇にたたずむ花売りたちの花も、気のせいか、よりカラフルにみえた。

科学雑誌『ニュートン』のための取材で、アンコールワットに行くつもりでカンボジアに向かう。カンボジアにはいるには、ハノイでビザをもらわなければならないのだ。一九七八年の侵攻以来、カンボジアは実質、ベトナムの支配下にあるのだ。

ダナン上空を通り、ラオスの山々を越えると、あっという間にメコン流域の平野が広がる。今までに見たいろいろなベトナム戦争映画の場面を、ベトナムの山々に重ねてみる。たった十数年前まで、あれほど壮絶な戦いが、これらのジャングルの奥深くまで繰り広げられていたとは信じがたい。平和な緑深いたたずまいだ。

今だからこそ言えるのかも知れないが、アメリカがこんなに遠く遥か離れたところに、国力を賭けて戦争しに来ていたということが、いかにも余計なおせっかいに思える。だが、あのころは多くの人々が、それを余計なおせっかいとして見ることができなかったのだ。

インドシナの歴史は錯綜している。ベトナム、カンボジアが戦火の下にあった頃、私はすでに充分大人で、新聞だって読んでいたのだから、何が起こっていたのか、もっと気がついていてもよさそうなものだったのに、いかにぼんやりとしかこれらの出来事を覚えていないことか。

グレッグのとびとびの説明と、不確かな記憶の糸をたぐって、当時の様子を想像してみようと試みるが、時は過去をどんどん押し流していってしまう。

二月六日、プノンペンにて。

グレアム・グリーンが自伝『ある種の人生』(*A sort of life*)の中で、「私がものを書いて来たのは〝経験〟の混沌を秩序づけるためだ」と言っているが、本当に日々の経験というものは混沌としていて、絶え間ない刺激が四方八方から襲ってくるものだ。旅をしているとことにそうで、整理をしていかないと、〝体験〟の中に頭まで埋まってしまいそうだ。

アンコールワットに行けるのですぐ来るようにというテレックスを、ベトナムにいたグレッグから受け取り、取るものもとりあえず会社に休みを申請して駆けつけたのに、なかなか実現は難しそうだ。アンコールワットのあるシエムリエップでは、クメール・ルージュの勢力が強く、情勢が不安定だ。三〇〇〇ドル用意すればヘリコプターを借りて行けるというので、郵便局で二時間ほど待って日本の会社に電話し、送金を依頼する。

ここに来てからすでに数日、文部省、郵便局、銀行、他の官庁などをぐるぐる回っている。今朝もガイドのパンヤさんがきて、アンコールワットになぜ何日も滞在する必要があるのかを説明する手紙を出すように言う。グレッグは、もう何度もテレックスや手紙で説明しているのにと、しぶしぶながらも手紙をタイプする。

ベトナムにしろカンボジアにしろ、政治や経済の仕組みが手の届くところにあって目に見えるような気がする。日本では自分の周りにあることしか見えなくて、新聞やテレビが報道することが自分に関わりがあると納得するためには、風が吹けば桶屋が儲かる式にまわりくどい説明が必要だ。ここでは政治や経済が見えやすい理由の一つは、私たちが接触する人たちが、政府の比較的重要な地位にいるためだろう。そして経済の仕組みがシンプルで、生産と流通の糸がこんがらがっておらず、人々の生活があまり多様でないためだろうか。外国からのオブザーバーの分析が一様でクリアーなこともあって、あまり意見の食い違いに惑わされることがない。

しかし、よい「旅人」になることは難しい。シャワーのお湯が出るかどうか、トイレが整っているか、水が自由に使えるか。そんな日常の当たり前のことが大きな障害になる。食べ物については、私はあまり気にしない方だし、何でも試みてみたいのだが、ここでは生ものはかなり危ないらしい。国連難民事務所で働いているロビンは、去年の夏にチフスで死にかかったというし、オーストラリアの民族音楽研究家のビルも、おなかをこわしているという。私もきのうから体に赤い斑点ができたり、むやみに痒かったりして少し心配したが、たいしたことはないようだ。

この一週間、アンコールワット行きはちっとも決まらず、そのうえ役所の間を行ったり来たり。暑いうえに街はどこもほこりだらけ。いらいらさせられる要素が山ほどあったわりには、おっとり構えていられた。それだけ、私自身の性格ものんびりしてきたのかもしれないし、こういう雰囲気が合っているのかも知れない。この煩雑さの諸々もアドベンチャーだと思っているからかも知れない。

が、時には、ほんの短い間だが気分が滅入ることもある。せっかくの何年ぶりかの休暇なのだから、もっとのんびりと、風光明媚なところでおいしいワインや食べ物を摂りながら過ごすこともできたのだ、という考えが、ちらりと頭をかすめることがないでもない。

グレッグは偉い。まず、何に対しても腹を立てない（日本にいると逆なのに）、忍耐強い、誰に対しても愛想がいい。シャワーやトイレや食べ物に関して一切文句をいわない。そのかわり自分に必要なものは心得ていて、ビールとピーナツバターは欠かさないシステムを作っている。

二月十日。

結局アンコールワット行きは実現せず、やむなくプノンペンをあとにしてホー・チ・ミン市に向かう。眼下にメコンとその流域の平野が広がる。両岸にはまっすぐにのびた道路をはさんで、ヤシの木にかこまれた家々が穏やかなたたずまいをみせている。たくさんの支流が網の目のようにメコンに注ぎ込む。見渡す限り整然と区画された田畑が続き、地上の貧困はここまで伝わってこない。

ほこり、泥、ハエにまみれた食物。マーケットや村々のすえた匂い。できるかぎり、こういった事物に偏見を持たないようにしようとは思うものの、これらを背後にして来たことに、実のところほっとしている。

空港で難民事務所のロビンと一緒になる。カンボジアの少女をアメリカにいる家族と一緒にするため、ホー・チ・ミン市まで連れ出すミッションを負っている。彼女はこの数週間、この件で奔走していたという。少女は白血病の治療のため米国に行くのだという。まだ十二歳のあどけない子だ。税関で手紙や土産物のシルクを取り上げられそうになったのを、ロビンとグレッグが急場の嘘でしのぐ。少女はいかにも心細げだ。世話をやくロビンは、母親のような優しさとたくましさを持っている。しかしもうこの仕事にはうんざりした、じきに一年間の休暇をとって、そのあとは何か他のことをするという。

何十万人もいるというカンボジア難民。この少女はその中の幸運な少数だ。この子一人を救うためにロビンは消耗している。他のもっと不幸な子供たちはどうなのだ？　ロビンたちのしていることに敬服する。どこから、このエネルギーと、度重なる無力感と失望を克服する力が出てくるのか。

ホー・チ・ミン市。サイゴン河のほとりにある、かつてはマジェスティック・ホテルと呼ばれたクーロン・ホテルのバーからは、生け垣をへだてて通りを行くシクロ、自転車、通行人と、その向こうに川辺の公園で涼む人々、河をゆく小舟が見える。向こう岸には錆びた倉庫群が立つ。

何という違いだ。プノンペンの土ぼこりと、悪臭と、追っても追ってもハエのたかってくる食物（もっとも人々はハエを追い払うことさえめったにしないのだが）。そしてそんな環境の中でも、穏やかな笑顔を絶やすことのないカンボジアの人たち。四十五分のフライトで着いたサイゴンは別世界だ。通りはきれいな木立ちに覆われ、道は清潔で、人々は洒落た服装をしている。裕福さにできるだけ左右されない方がいいと思っているが、この「現代の快適さ」（comfort of modern age）は、やはりありがたい。

二月十一日。ラック・ロン氏のこと。

サイゴンの夜、かつてはGIとバーがあふれていたというチューダー通りに向かいながら、サイゴンの物の豊かさと清潔さ（ハノイとプノンペンに比べて）に感心する。安っぽくはあるが決して粗末ではない、次々とつらなる衣料や靴の店。ドリアンや小豆のような物の入ったご飯、米粉《ビーフン》、名前もわからない多様な南国の果物などを売る人が、歩道に座り込んでいる。かれらに見とれながら、グレッグより数歩遅れて歩いていた私は、ショーウィンドウに象の足の剝製、店先に数台のミシンが置かれている殺風景な店の奥に案内された。出て来た男は、親しげにグレッグと挨拶を交わす。奥まった部屋では、ちゃちだがさっぱりとダンディーにみえる麻風の上下を着た客が、ワニ皮の特製ブーツを注文しているところだった。

目の前の男の商売は一体なんなのだろうと訝《いぶか》しく観察していると、グレッグがケースにはいったロシア産キャビアを指差したので、彼が話にきいたことのある闇屋であることに気づいた。

政府が税金の値上げを通告してきたという。テト（旧正月）の祝いがすみしだい四〇パーセントに値上げされ、商売を営む人たちのライセンスが厳重にチェックされるようになるという。「政府の奴らは、俺たちに一生懸命稼がせておいて、税金という名で絞り取っていってしまうんだ」と言う。昔からうまく商売をやってきたのだろう。話が滑らかで巧みだ。一九七九年に兄弟が自殺して以来、もう政府の言うことなど信じない。彼は重税の圧力に耐えかね、狂い死にしたという。

ワニ皮の財布をひとつ、お土産に買う。かなりしっかりした良いもののようだ。あなたのところで作っているのですかと問うと、そうだと言う。奥の台所の方をさして、向こうに工場があると言う。が、そんな気配はさらさらない。「実は政府の汚いやり方に対抗するために、私は私なりの方策を考え出したんです。」テーブルの上の紙片に絵を描きながら、彼は彼の呼ぶ「衛星工場」を説明する。要するに下請けをたくさん持っていて、あるところでは財布を、あるところではベルトを、というように作らせているのだが、そのネットワークは政府にはわからないようにしてある。万が一、政府が彼の店に眼をつけて調べにやって来たら、全部私が作っているんですと言えるよう、一応の機械らしきものはそろっている。下請けには政府の工場が払う倍（政府の標準は月十五ドルくらい）は払うので、みな私の仕事を喜んでしてくれると言う。

ソ連産のキャビアをいくつか買って、ドルをドンに換金する。公式レートは一ドル約一〇〇〇ドンくらいだが、闇レートだとその十倍の一一五〇ドンになる。このあたりのカラクリはよくわからないのだが、ベトナムの経済が安定するにつれ、公式と闇レートの差は急速に縮まりつつある。

奥さんだという若い女性が分厚い本をもってくる。それは本の形をした箱で、ドン札がいっぱい詰まっている。黒人とベトナム人の混血の十二歳の少女が、キャビアを包んでくれる。もうじきアメリカに行くことになっているという。

この男、ラック・ロン氏は、「ニガー」は嫌いだ、と言う。今まで何度かニガーとの混血を雇ったが、みな悪い事をする。それに比べるとこの子はよく働くし、とても正直だ。ソ連人のお気に入りなんだよ。彼らはニガーが好きだ、ユダヤ人は大嫌いだけどね。私はユダヤ人は好きだけど、ニガーは大嫌いだと、あまり悪意があるふうでもなく言う。

戸棚の中にポメリーのシャンペンがあるのを見つけて、キャビアにもってこいだと思い、価格を聞くと十ドルだというので二本買う。フランス大使館員がロシアン・キャビアを手に入れるのに、シャンペンやワインで支払うのだ。ロシア人たちはドルが欲しいので、ドルと引き換えにキャビアを彼に安く売る、というふうに流通の輪はめぐりめぐっている。

4　ベトちゃんドクちゃんを取材する

一九八八年二月十二日。ベトちゃんドクちゃんの取材。

サイゴン河の向こうから、すばらしい日の出だ。河を行く小舟やフェリーのシルエットがのどかだ。

外務省プレスセンターから案内役に来てくれているヴィエト氏と話しているうちに、ひょんな進みぐあいで結合性双生児のベトちゃんドクちゃんを取材することになった。

場所はホー・チ・ミン市のツーズー病院。場にそぐわないダンス音楽のフォックストロットが聞こえてくる。階段を上がりきった広い踊り場で、看護婦さんたちがダンスの練習をしていたのだ。ベトちゃんとドクちゃんの部屋はその踊り場のすぐとなり、二十畳くらいの広い部屋だ。日本に治療に来ていたときを含め、二人の写真や映像は何度も見ている。しかし実際に彼らを目の当たりにするのは奇妙な感じがするのではないかと思っていたが、普通の子供に会うのと違った感慨はない。

昼過ぎの明るい陽光の中で、時に流れてくるフォックストロットのリズムに合わせながら、おもちゃの鉄砲で遊んでいるのはドクちゃんの方だ。二人の容態は楽観できない。早急に手術が必要だと聞いていたが、予想に反して二人とも、外見は元気そうだ。ただ元気に動いたり遊んだり話したりするのはドクちゃんだけで、ベトちゃんは目はぱっちりあいているが、手を上下に動かしたり寝返りをうったりする以外は、まず何もしないし、訪問者にもほとんど反応を示さない。彼の脳はほとんど機能せず、そのために一番困るのは、全然眠ることができないことだという。彼を眠らせることのできる薬がほしいと看護婦さんは言う。

二人の将来は楽観できない。六カ月以内に分離手術をしないと二人とも生命が危ない。分離手術ができる状態になって、たとえ手術に成功したとしても、生き残れるのはドクちゃんだけだ。彼がひとり生き残った場合、心配されるのは彼の心理状態だ。ベトちゃんとずっと一緒で、彼を深く愛しているドクちゃんにとって、一人になることは想像を超える試練に違いない。

ベトナムで分離手術をすることは不可能だ。充分な医療器具も整っていないし、たとえそろえられたにしても、手術の技術をもっているドクターがいない。この病院は赤十字を通じて、日本に再び助けをもとめている。アメリカのテレビ局の記者を通じて、カリフォルニアの病院での手術の可能性も打診中だが、どちらからもまだよい返事はない。

一九八一年二月二十五日に生まれたベトちゃんとドクちゃんは、もうじき八歳の誕生日を迎える。ドクちゃんの毎日は普通の子供と変わらない。学校にいけないので、音楽や算数、書き方を、病院で少しずつならっている。「とても頭はいい子なんだけど、なまけもので」と看護婦さんは言う。日本製のミニ・ピアノがあり、一人前の格好で身振りまでそえて一節弾いてくれた。何の音楽かは不明だったが、体中で音楽を楽しんでいるようで、テレビででも覚えたのだろうか、ロック・ミュージシャンなみのリズムに酔った表情を添えるのまで忘れない。足で自由自在に車椅子をあやつる。無惨な想像ではあるが、ベトちゃんという存在がなければ、他の子とまったく変わらない元気な八歳の男の子なのだ。病院の中庭に出た私たちを、三階のベランダから「さよなら、さよなら」と何度も繰り返し手をふりながら、見送ってくれた。

別の人間でありながら体を共有しているというのはどういう事なのだろう。せめてドクちゃんが明るい表情でもう少しでも生き続けられるものなら、それを可能にしてあげたい。彼の行く手にあるものは、今より以上の試練かも知れないが。

なぜベトナムにのみ、何件もの結合性双生児が生まれるのだろう。この病院だけで、過去七、八年の間に、六組の結合性双生児を扱ったという。そのうち病院の知る限りでいまも生きているのは、十三歳の少女ひとりだけである。他のケースについては、病院を出てしまうと、どうしているのか生死もはっきりしないという。奇形児が生まれるのは過去の悪業の報いであると、まだ広く信じられているベトナムでは、どれだけ似たようなケースがあるのか、正確な統計は存在しない。これはベトナム戦争での枯葉剤撒布が原因であるという説も、科学的には証明されていない。

（追記――今になって振り返ってみると、枯葉剤が原因でグレッグをなくし、私一人で再びベトナムへもどり、ベトちゃん、ドクちゃんに再会することになろうなどとは、夢にも思わなかった。

二〇〇四年の夏に再会したとき、ドクちゃんはツーズー病院で事務の仕事をしていた。車椅子を自由にあつかい、外出するときはオートバイに軽く跳び乗る。一方ベトちゃんは、一階上の個室に寝たままだった。一九八八年十月の分離手術*では二人なのに一つしかない臓器、例えば膀胱や直腸、そして性器は、元気なドクにあたえ、ベトには人口臓器が取り付けられた。共有していた骨盤は二つに切断され、分離した腹部の断面には人口皮膚が使われた。(*中村梧郎著『母は枯葉剤を浴びた』より)

ベトちゃんはほとんど植物状態だったが、かすかに浮かべる微笑のような表情は、昔見たとおりの可愛いベトちゃんだった。二階にすむ「平和村」の子供たちが、時々兄さんを見舞うように訪れ、ベッドのまわりで遊んでいく。ドクちゃんも日に数回は、ベトちゃんの様子を見に来るという。

ベトちゃんは二〇〇七年まで生きたが、この年十月にツーズー病院で亡くなった。ドクちゃんは同病院で事務の仕事を続けている。二〇〇六年暮れにグエン・ティ・タイン・テュエンさんと結婚した。)

夜、グレッグはサイゴンに残り、私は一人でバンコックへ戻る。

泥と土ぼこりと、すえた魚のにおいに満ち、ほこりまみれの子供たちが珍しげにいつまでも私たちを取り囲み、あくことなくじっと見つめていたカンポンチナン(カンボジア)の漁村、あるいはメコン上流のひでりに困窮する村の貧困の極みから、プノンペン、ホー・チ・ミン、バンコックと移動するにつれ、どんどん居心地のよさと豪奢なホテルと、物の満ちあふれる世界に戻って来ている。

オリエンタル・ホテルは着飾って気取った観光客でいっぱいだ。同じメコンを源流とするメナム河の向こう岸には、ネオンで飾られたレストランが絢爛とその姿を水に写し、シャングリラ・ホテルが川上にそびえる。シャングリラ——人々がアジアの奥地の山々のかなたに夢見た理想郷だ。だ

メコン河の水上マーケットを行き交う小舟（撮影グレッグ・デイビス）

が、そこにある現実は取り残された貧困と貧しさ。

川辺のテラスでエビのサワースープを食しながら、プノンペンのナンバーワン・レストランの同じメニューを思い出す。大きなエビの頭やミントの葉の入った飾りのない実質的な、かぐわしいスープだった。

居心地のいいホテルにいながら、居心地の悪い思いをしている。

一九八九年十月、私は再びベトナムへ。この時、初めてメコンデルタ地帯を訪れた。

十月二日、ホー・チ・ミン市にて。

メコンデルタより帰る。着いた日には、ホテルは快適とはいえ、町全体には何かすえたような匂いがただよい、人々も薄汚く見えたこの町が、慣れてくると、清潔で居心地のよい都会に感じられる。人間の感覚と思考が、いかに相対的なものであるかを思い知らされる。

メコンデルタで、貧困を見た。貧困といえば、ミクロネシアでも見たし、カンボジアでも、タイ北部でも見た。もちろんサイゴンでもだ。

デルタ地帯を編み目のようにゆったりと、流れるともなくたゆたう泥水の河岸に、ヤシの葉と簡単な木組みでできた小屋に住む人々。闇が迫ると、一本のランプが唯一の明かりだ。食卓のわきにあるベッドに腰かけ、酒を酌み交わす食事風景は、のどかそのものに見える。運河を行き交う小舟は音もなく進み、三角帽子のノンを被って舵をとる女性たちの、ほっそりした優雅なシルエットは、「エキゾチック」で牧歌的だ。だが、ここには間違いなく貧困が、どっしりと根をおろしている。

カントーの町を案内してくれたロック氏は、国の再建の話になると非常に熱がこもる。彼は会話を必ず「私のつたない考えでは（In my humble opinion）」ではじめ、続いて口角泡を飛ばして、滔々延々《とうとうえんえん》と意見をのべるのだ。

グレッグの知識の深さと、ベトナムの人々に対する思い入れにも感服させられる。彼の誠意が伝わるのだろう、カントーで会った港のマネージャーのニャット氏と、彼の秘書のニャーさんと、二度夕食をともにして、ロック氏の通訳を介しながら会話は驚くほど弾んだ。

話題はほとんど、ベトナムの今後についてだ。ニャット氏は農家に生まれ、十五歳の時にベトミンに参加、以後ずっと戦争に関わってきた。軍隊を定年でやめたばかりだと言う。

「ハノイは頭でいろいろ考える。だが、南は胃袋だ。ベトナムは胃袋をもっと大切にしなければいけない。経済活動をもっと盛んにし、外国の投資を呼びかけ、南では豊富な原材料をどんどん輸出しなければ。」

確かにサイゴンやカントーの市場には物資、とりわけ農産物と水産物が豊かだ。みずみずしい緑の野菜、つやつやの赤唐辛子や、トマト、チェリー、たわわな房のバナナ、パイナップル、その他種々さまざまな、見たこともない南国の果物。市場をみるかぎり、日本よりもここのほうがずっと楽しく暮らせそうだ。だがこれらの豊富な食物も、あるいは輸送手段がないために、あるいは外国の経済制裁のため、輸出できないでいる。

日本のニュースで日米貿易摩擦の話を聞いたり読んだりしても、どこ吹く風でこれっぽっちも興味が湧かないし、また実際、興味を持ったところでどうなるものでもない。日本の社会や政治は、私や私たちにほとんど直接関わりのないところで動いており、その動きは私たちに見えてこない。ところが、ここに来ると違う。私たちが会う政府の人々は、これまで文字通りベトナムのために命を懸けてきた人が多く、彼らの考えや行動が、実際にこれからの国を動かしていくのだ。グレッグがベトナム、カンボジアにこれほど入れ込んでいる大きな理由の一つが、このことにあるという。

夜中、ホテルの外で銃声が三発、続いて二発した。恐る恐る窓からのぞいて見る。誰かが撃たれたのかも知れない。女性がヒステリックに叫びながら、河のほうを指差している。誰かが撃たれて運河に落ちたのだろうか。銃声はなお続く。だがそれにしては、女性の叫び声以外にあまり緊迫した様子がない。シクロは一瞥しただけで通り過ぎてゆくし、子供たちは興味深げに現場近くに寄り集まる。結局は、酔った兵隊の痴話喧嘩だったらしい。

カンボジアから三万数千人の兵隊が引き上げてきて、ベトナムはやっと、公式に海外の経済援助を恃《たの》む希望がもてるようになった。だが、これらの兵隊たちには国に帰ってもすることがない。すでに三十何パーセントかの失業率をかかえているベトナムだ。問題は山積している、とグレッグは言う。

ニャットさんにしても、ロックさんにしても、外国へのあこがれは大変なものだ。ことにアメリカに対しての思い（主として経済的な）は、戦争後（解放後）十五年もたったとはいえ、私にはやはり意外に思えた。

4　揺れ動くアジアを行く

1　地雷の国、カンボジア

最初のうちは恋に落ちたかのように機会があればベトナムに行っていたグレッグだが、八〇年代の後半からは、いよいよカンボジアに魅せられていったようだ。ベトナム社会がだんだん落ち着きはじめ、秩序を取り戻すなかで、カンボジアの混沌は心情的にも視覚的にも彼を刺激した。

ベトナムとカンボジアは歴史的にも地理的にも切っても切れない仲だ。一九七四年から繰り返されたクメール・ルージュによるベトナムへの侵攻、二国間の領土争いの後、七八年のベトナム軍のプノンペンへの侵攻以後、カンボジアは実質的なベトナムの占領下に置かれる。一九八〇年代を通じて紛争は続いたが、八九年にベトナムは撤退を表明し、一九九一年十月二十三日、パリ和平協定が調印された。

一九九一年十一月、グレッグは、集英社が発行していたグラフ雑誌『バート』の取材でカンボジアを訪れ、写真と文が、「笑顔なき平和、カンボジア」と題するスペシャルレポートとして掲載された。

導入部には「日本の援助で明日はくるか？　タイ、シンガポール、マレーシア……日本人の海外旅行の行き先としてすっかり定着したアジア。——その旅行地図から、なぜかすっぽりと抜け落ちてしまっている国がある。それがカンボジアだ。しかし、われわれはカンボジアについて、いったい何を知っているのだろうか？　どんな援助が彼らのためになり。どんな金の使い方が彼らの自立への努力を妨げるのか。かりそめの平和を迎えたこの国の、待ったなしの現実を、頭ではなく、肌で理解してもらうためにＢＡＲＴは現地へととんだ。笑顔を忘れた人々に迎えられて」とある。

その記事本文はこんなふうだ。


「その夜カンボジア北部は、明け方の二時というのに、耳を聾するばかりの騒音に包まれた。正体不明の敵に猛攻撃されたのではないかと思えるほど凄まじい音が響き、一瞬命の危険すら感じた。一時間ほどで発射音はやんだが、妙な動きをして標的にされないように、注意深く様子を窺い、安全を確かめホテルの外へ出た。通りかかった兵士に、何が起きたのか聞いてみた。

「お月様が闇に飲み込まれないようにしたんですよ」

というのが、彼の答えだった。

私はその晩、月食があること、またカンボジアでは昔からの習慣が続けられていたことを知らなかったのである。月食がはじまると、月を飲み込んだ闇に月を吐き出させようと、昔から人々はできるかぎりの音ではやしたてた。近年は空に向かって発砲し、上出来なら豊作、だめなときは不作の年になると信じられている。この夜の成果についての意見はまちまちだったが、翌日〝砲撃〟によって三人が死亡し、数人が負傷したことを知った。

これが今のカンボジアという国である。外国人はともすれば観たり聞いたりしたことを、自分たちの尺度で判断しがちだ。しかしカンボジアを援助、あるいは搾取しようとする者には様々な問題が立ちはだかる。私が経験した月食の夜の出来事と同じように、外部の者には理解しがたいことがたくさん存在する。言葉がわかっても越えられない垣根があるのだ。聞かされた事柄をうのみにするだけではなく、状況の奥深くまで研究する必要がある――たとえば、そもそもクメール・ルージュとは何者だったのか。そして今は誰がそうなのだろうか――その定義すら難しい。

われわれへの情報は、都会から追われて国境の難民キャンプにいる、中流階級と専門的な職業を持っていた人々からもたらされる。彼らはポル・ポト時代に迫害された人たちだが、総人口の一五～二〇パーセントにしかすぎない。残りは農民で、彼らはポル・ポト時代にそれほど苦労をしなかったようだ。

私はこの時代についてたくさんの農民たちから話を聞いたが、ほとんどの人が「苦痛の時ではなかった」といった。かえって「都会から来た新しい人に悩まされた」というのが、共通の不満だった。理性的な推定によると、カンボジアでの革命による犠牲者は三十万人ないしは五十万人とされているが、最終的な数は誰にもわからないであろう。

ある国連の関係者は、匿名という条件つきでこのように述べた。「ＫＲ（クメール・ルージュ）は時期を待つつもりですよ。今は全部がむちゃくちゃの状態であるうえ、援助によってさらに悪くな

シアヌーク殿下とグレッグ（1992年10月）

るでしょう。道路がつくられ、病院、学校、食料事情は改善されるでしょうが、国際的な関心は二年くらいで薄らぐ恐れがあります。根本的な解決には時間がかかるのに。財源が続けばいいのですが、どうなるでしょうね。KRは自分たちに勝ち目があることを知っているんです。選挙のことなど気にしていませんよ。民衆はベトナム人や都会の金持ちに憎しみを感じています。」

シアヌーク殿下は、十一月十九日にSNC（最高国民評議会―暫定政府）に着任したアメリカの新大使チャールズ・トワイニング氏に、身振りを交えながら次のように説明した。

「皆さんは金持ちだから、どうか貧乏なカンボジアを援助してください。でも金を高官や公務員に渡してはだめです。直接民衆のところへ行ってください。汚職を防ぐことはできません。金も物も、自動車さえもお役人に渡さないように。車を自家用に使うかもしれないからです。アジアはアジアなのですよ。」

カンボジアにとって、日本のような経済大国が援助に参加し、影響力を持とうとしていることは悪い話ではない。問題はそれが、カンボジアを破壊することなく実行されるか否かだ。

とにかく二十年間戦争に明け暮れたこの国には、銃が山のようにあり、人々は他の技術はだめでも、銃を撃つことにはたけているのだ。国連は武器を買い取り、武器所持を違法とする宣言を出す方法を考え、すでにプノンペンで実施したが、ほとんど効果はない。銃による負傷者は、去年から七十倍も増加した交通事故とほぼ同じ増え方である。

先日、私がプノンペン市内のバーで飲んでいると、居合わせた酔っぱらいの元兵士が、マスターと口論を始めた。マスターが何か言うと、男はいきなり彼に五発撃ち込んだ。被害者は翌日死んだ。また私が泊まったロイヤル・ホテルの近くで、ある日若い女性が地雷を踏んで両足を吹き飛ばされた。彼女は次の週に結婚するはずだったが、言い寄って冷たくされた別の男が腹いせに、彼女が通勤に使った細い道に地雷を仕掛けたらしい。五日間知らずにその道を歩き、六日目に踏んでしまったのである。

現在のカンボジアは、アメリカの開拓時代の西部のようになっており、私はこれから数年の間に、状況はさらに悪化するのではと心配である。私も車に乗っていて、酔っぱらった兵隊にAK－47ライフルをつきつけられ、金を要求されるという経験をした。危険な状態であり、すぐに強力な国連組織が確立されないかぎり、新しい政府の手に余るようになる。

世界は日本がカンボジアでどのような活動をするか見守っている。それは日本にとって試練になるだろう。」

カンボジアの人びとが直面する様々な悲劇のなかでも、地雷は、その被害者が当時の人口八七〇万の一割近くにのぼるという重大な問題だ。初めて首都プノンペンを訪れた私は、グレッグに案内された市内のあちこちで、片足がなく松葉杖をついている多くの人びとに出会った。この光景は子供のころ、太平洋戦争が終わって十年経ったか経たないかのころ、日本でもあちこちで見かけた傷痍軍人を思い起こさせた。

グレッグはこの問題に注目していて、このころ撮った何げないカンボジアの街角、あるいは田舎の写真には、多く地雷の犠牲者がまわりの様子とともに写っている。田舎では至る所に、赤い地に白い骸骨が描かれた「地雷に注意」の看板がたてられている。そんな看板の一枚を、彼は持ち帰り、山の家の壁に貼った。私はただ物珍しく、こんなものを貼るなんて少し趣味が悪いと思いながら見ていたのだが、彼は「日本の農村は一見平和そうだが、カンボジアにはまだこういう現実があるのだ」ということを、日常的に意識すべきだと思っていたのかも知れない。

この記事が出る少し前、グレッグは『マルコポーロ』誌に、「カンボジア、地雷だらけの国」というタイトルの、次のような写真記事を寄せた。(一九九一年十月号掲載)

「北西カンボジアのバッテンボンは、フランス植民地時代からのうらぶれた古い街だ。プノンペンから車で十時間、われわれは爆弾が落ちて所どころ壊れている悪路に疲れ果て、腹も減っていた。現地の役所に届けを出し、その夜、ただ寝るだけの部屋を確保すると、町のなかの川っぷちにある板囲いのレストランに出かけた。料理人は茹で海老の料理を作った。生きている海老を、煮えたぎっている鍋に渡した二本の長い棒の上においた。湯気に驚いた海老が跳ね上がり、鍋の中に落ちた。それは海老のカルマ(運命)なのだ。料理人は仏教徒に違いない。殺生はできないのだ。海老は煮えたぎった湯の中に自分から飛び込んで死んだのであり、料理人は何も関わっていないのである。地雷がここカンボジアの土の中に埋められるのも、まったく同じ理屈による。ここではそうとでも思わなければ生きていけないのだ。

兵士は人の拳よりもいくらか小さい地雷を地中に埋める。小さな男の子が歩いて来てそれを踏み、彼の片足が吹き飛ばされる。それはここでは運命なのだ。少年は前世でなにか悪い事をしたのだ。その償いを今しなければならないのだ。地雷を仕掛けた兵士は無関係なのである。

そうとしか思えないのだ。

ヤ・ヴァニーの場合。

彼は所属する部隊とともに、スヴェイ・チェック地域にいた。ポル・ポト軍を追跡し、近くにある彼らのベースキャンプを攻撃するためだ。彼はソ連製の地雷探知機を左右にふり地雷を探していた。

「いきなり地雷が地面から飛び跳ねて私の顔のそばで爆発しました。そしてバッテンボンのベトナム病院に送られました。けがは治りませんでした。私はもう目が見えません。何もせず一日中ここに座っています。私には家族がいます。でも自分の子供たちの世話さえできません。とても気が滅入っています。前世でとても悪い事をしたに違いないのだと思いました。今、私はその罰を受けているのです。私にはどうする事もできません。」

生後三カ月になる娘ヴァン・トニを抱きながら、彼は言った。

彼は毎月八〇〇〇リアル（約八ドル）を支給されている。もちろん彼と彼の家族が暮らしていくのには充分とはいえない。

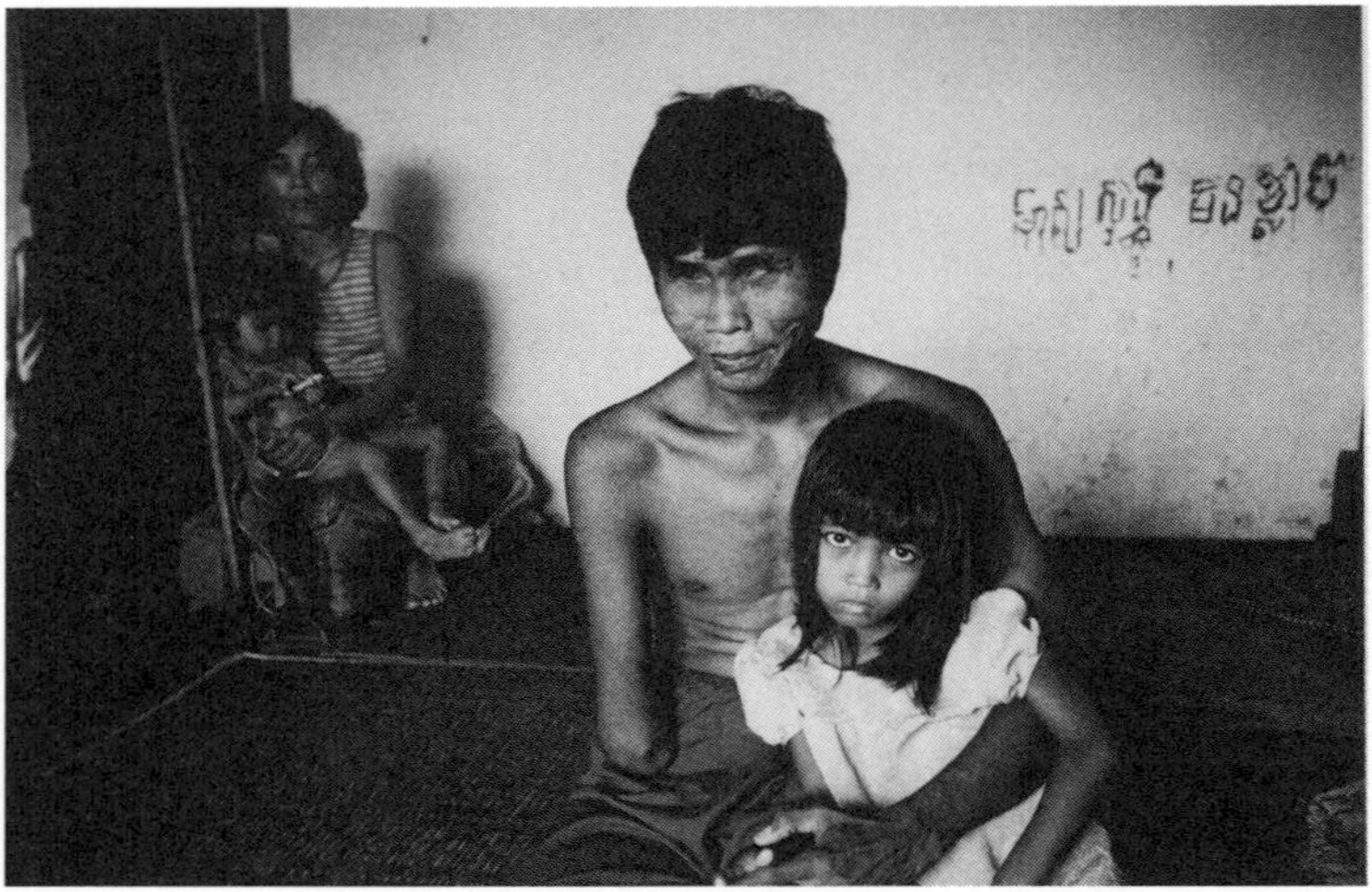

クメール・ルージュとの戦いで地雷により重傷を負った男性。それでも彼は妻に巡り会い美しい子供の父親となった（プノンペン）

地雷の犠牲者、フン・レオンと息子モンタ。「いま、怒りでいっぱいです。しかし、私に何ができるのでしょう」

チャン・チュックは放牧した牛を連れ帰る途中、地雷の被害に遭った。

アンコールワットに佇むプルチ・ヴィ。行軍中に地雷を踏み右足を膝下から失った。隣りのパゴダに住まわせてもらい、僧侶から食事を世話されている。仏教を勉強しているという。

（撮影、4点ともグレッグ・デイビス）

カンボジアの問題は、現在もなお、何百万個もの地雷が地中に埋まっていることである。リチウム電池で作動し、プラスチック爆弾を破裂させるための簡単なＩＣが入っている物が多い。雨期に埋められた地雷は、長い時間が立つうちに、一メートル以上も土の中に沈んでしまうことがある。地雷は、雨期と乾期が交互にやってくる季節の変化によって、土の中を動き回るのである。だからある農夫が地雷の埋まっている畑を数年間耕し続け、地雷の上を歩いているのに一度も爆発にあわないということもありうる。そしてある日、「運命」によって、彼は地雷が表面近く浮き上がってきたのを踏み、片足と片腕をもぎ取られるのだ。

欧米では、地雷は防衛のために使われる。敵の侵入に備え、自分の陣地を守るような場合に用いられる。ところがカンボジアでは、地雷は攻撃兵器なのである。そしてカンボジアの人々にとっては「運命」の兵器なのだ。不運な者や、前世がよくなかった者のために地中に埋められるのである。

こうした何百万個もの地雷は、地雷探知器では発見できないプラスチック製で、大半が中国製である。そしていまもなお毎日せっせと地雷は埋められ、援助関係者による推定でも、いまだに毎日三〇〇人もの人が命を落としているのだ。

地雷で不具になったカンボジア人は人口の一割、七〇万人を超える。このうちの約三万人は片足か片手を失い。その他は失明したり、腕をなくしたり、体内に破片をもっていたり、指を失ったりした人々である。人間だけではない。地雷による牛や水牛の被害も深刻だ。それらを失うことで農業に影響が出て、ひいてはカンボジア経済にも大きな打撃を及ぼすのだ。

チャン・イエ（二七）の場合。

マウン・コウルボレー病院に収容されている彼は警察官だ。彼はある朝、近所の川に水を汲みにいき、地雷を踏んでしまった。

「その時、何が起こったのかわかりませんでした。私は家族の将来を思いました。もう、誰も私の家族の面倒を見てくれないのだと思いました。」

彼の妻ヤン・ナ（二四）は妊娠中で、他にもまだ幼い二人の子供がいる。

「毎晩私たちの村では、侵入者から自分たちを守るために、交代で地雷を三つ埋めていたんです。そして次の朝掘り出すわけです。しかしあの時はうっかりして、誰かが二つしか掘り出さなかったのです。だから私が踏んだのは、自分たちで埋めた地雷だったのです。」

二人の友人が助けに来てくれて、彼はポイペットの救急ステーションに運ばれた。そこで午後四時まで待たされて、応急手当を受けたのだという。ショック状態だった。

「足を失った私は非常に失望し、腹が立ち気が滅入りました。警察は月に一万リアル（約十ドル）といくらかの食料をくれると言います。もっともらえたら良いのですが……でも、まだ何ももらっていません」と。

妊娠七カ月の妻は、村に帰り二人で百姓をするつもりだと言う。彼女はとても怒っている。なぜ私の夫がこんな目にあわなければならないのか、わからない、と。

そして、彼女は力なくこうも言った。

「運が悪かったんです。」

カンボジアはきわめて貧しい国だ。一九七五年以来、国際的な通商停止処分を受けており、この処分は停戦協定が成立するまで有効なのだ。だから手足をなくした人々が、貧困に喘ぐ大多数の人々より特に暮らし向きが悪いということはない。だが、都会に住んでいたり、農民だったりすると、悲惨の度合いが増す。仕事がないのだ。五体が満足でも、仕事はきわめてすくない。農民ならば手足がなくては野良仕事ができない。だから手足を失った人々の多くは精神的に滅入り、時には怒り、また人生を苦々しく思っている。都会に住んでいる兵士たちは物乞いのグループを作り、レストランの前や駅などで乞食をする。店から店へと金をもらい歩くのだ。暴力沙汰を起こすぞという気配が漂っている。とにかく彼らにいくばくかの施しを行なえば、善行をつんだことになるのである。

田舎に住む人々は、何世紀も前から水田と野菜畑と漁で食べ物を確保してきた。森に入って木とタケノコを採集するのも昔からやって来たことで、生きていくためにはあたりまえのことなのだ。彼らだって地雷の危険があることは承知している。しかし、他にどうすればいいのだろう？ それに惨めなことになったとしても、それは彼らの「運命」なのだ。ここではそうと考えるしかない状況がある。だから、この昔からの習慣は毎日実行され、地雷で毎日多数の負傷者が出る。村人たちは、どこが危険な場所かおおよその見当はつけていて、そこには近づかないようにしている。だが、地雷もそうだが、軍隊の動きなど秩序だっているわけではないのだ。

では、君が足を失うとどうなるのか？ 運がよくて、森の中で出血多量でひとりぼっちで死なずに、誰かが手足を吹き飛ばされてできた君の傷口を布でしばり、出血を止めてくれたとする。でも君はショック状態だ。友だちは君を自転車か牛車にのせるか、あるいは背負うかして幹線道路までの何キロかを運んでいく。うまくすれば救急ステーションまで連れて行ってくれるかも知れない。友だちは貧乏で薬などもっていないが、新しい包帯くらいは傷口に巻き、ガタガタ道を病院まで運んでくれる乗り物を、なんとか見つけてくれるかも知れない。病院につくとほとんど確実に壊疽《えそ》がおこっており、医者は君の命を助けるため、悪くなっている足や腕を切断する。恐らく医者は赤十字かなにかの外国人だ。家に帰るまで少なくとも一カ月間は入院しなければならない。しばらくの間は痛みを止めるためにモルヒネが打たれる。腕に点滴の針をさされたまま、大勢の患者の入っている大部屋で寝ているのだ。食べ物はなかなか手に入らないが、そのころにはもう、君はだいぶ回復するという見込みがついているはずだ。

そして家に帰る。君が家族持ちなら、もはやきみには家族を養っていけないことがわかっている。村の隣り近所の人々が、彼らの乏しい食料の中から少しばかり分けてくれるかも知れないが、所詮、この過酷な環境のもとでは、働けぬ者はまともな人と同じに扱ってもらえないだろう。もしも、君が何らかの奇跡によって、木製か革製の義足をつけてもらえるところに運ばれたら、足に合わせるのに、さらに二、三週間かかる。それから歩き方を、もう一度はじめから覚えなければならない。切断した箇所の筋肉は弱いので、強くする必要がある。義足は無料だが、本物の足よりも軽い。そのことも覚えなければならない。

君が頭がよければ、牛車を修理したり、自転車を直す仕事くらいならありつけるかも知れない。頭がよくなかったり、気持ちがあまりに沈んでいる場合は、君は家に籠りっきりで何もしない。もし都会に住んでいたら、たぶん酔っぱらったり、街頭で乞食をしたりするかも知れない。そうなれば新しい足など要らなくなる。物乞いには足はない方がいいのだから……。

リム・ソテン（三二）の場合。

彼はアンコールワットで有名なシエムリエップ県の農民で、民兵だった。内戦に巻き込まれた農村では、大勢の人々が市民軍に入って民兵となる。ある夜、彼は村の防衛を兼ねた任務で出動した。

「私はいくつかの地雷を発見しました。そして手で起爆装置を取り外そうとした時、地雷が爆発したんです。私は四日間、意識が戻りませんでした。目が覚めると、両腕とも肘から先がなくなっていました。」

二週間、ぐあいの悪い日が続いた。その間、彼が考えることができたのは、「ポル・ポト時代に死んだ両親のこと、お婆ちゃんとお爺ちゃんのこと、そして、自分の運命について」だけだった。

一カ月間、シエムリエップのベトナム病院に入院し、それからプノンペンの病院で四カ月を過ごし、そしてリハビリセンターに三年いた。

「その間、自分が異常な状態でひどく気が滅入り、政府は自分のことなんかなんの面倒も見てくれないと思い続けていました。」

現在、彼はプノンペンに近いキエン・クリエンで家族と一緒に暮らしている。ここには、彼のように手足を失った人々が七十九名、収容されている。彼はここで毎月五〇〇〇リアル（約五ドル）の生活費をもらっている。この国では義足はあっても、義手はまだ手に入らない。しかし最近は外国の援助グループに、ほんの少し希望をつなげるようになった。

結婚もした。彼のような男と結婚したがる女性を見つけるのはたやすいことではないだろう。だが、この女性は彼と結婚した。未亡人か水商売をしていた女性か、ともかく歳をとりすぎて、彼のほかに結婚してくれる男などいなかったのだ。二人はこう言った。

「ただセックスをするためだけです。夜、やさしく肌を寄せ合える肉体が欲しかったのです。」

その彼の肉体の中には、まだ地雷の破片が残っている。ベッドの上の壁に、彼はこんな文句を貼っている。

心はお国のために
灰になったらお袋に
愛はあの娘のために」

2　クーデターとポル・ポトの死

三週間から、時にはひと月をこえるベトナムやカンボジアへの旅行から、グレッグはいつも痩せて帰って来た。一週間も日本にいると、またもとにもどってお腹が出てくるのだが。

カンボジアから帰ったあとはかなり神経が昂ぶっていて、普段のおっとりした、何事にも寛容なグレッグにもどるのに、数日かかるようだった。そして、日本での日常生活が二、三週間続くと、また落ち着かなくなり、南へと旅立つのだ。

八〇年代から九〇年代にかけては、日本の雑誌も、写真ページで海外の事情を紹介するものが何種類かあった。アメリカの『タイム』誌と契約をしていた彼は、それらの雑誌にいろいろな取材を提案して、受け入れられることが多かったので、一年の半分は東南アジアにいた。

一九九二年から九三年にかけては、カンボジア情勢を解決するために、国連の平和維持活動として日本の自衛隊が送られ、注目を浴びた。

ポル・ポトのクメール・ルージュ、ベトナムに後押しされたフン・セン首相一派、シアヌーク殿下のフンシンペック＝民族統一戦線など、さまざまな勢力がパズルのようにせめぎあうなかで、国連は大きな試練に立たされる。グレッグは当時の国連のやり方に批判的だった。

一九九三年五月に国連監視下で選挙が行なわれ、国連によれば「自由で公平」な選挙だったという。フン・センとラナリット、二人の首相が選ばれ、憲法が制定された。

が、これでカンボジアが平和への道を歩み始めるというわけにはいかなかった。

一九九七年にポル・ポトの拘束が伝えられて以来、カンボジアには七〇年代の殺戮の恐怖が蘇り、政権の勢力争いも激化した。同年七月、フン・セン第二首相がクーデターを起こし、ラナリット第一首相を失脚させた時、グレッグはたまたまカンボジアにいて、この政変を目撃した。

群馬の山の中にいた私はテレビでこのことを知り、カンボジアに何度も電話したが、ちっとも通じない。プノンペンのアメリカ大使館にも電話してみたが、やはり繋がらない。連絡不能の状態が、一昼夜は続いたと思う。一抹の不安はあったが、グレッグのことだから、それに他にも多くのジャーナリストがいるのだから大丈夫だろうと思っていた。

やっとかかってきた電話でグレッグは興奮して、「これはクーデターだ。とても大変なことなのだ。ＡＦＰが、僕とリチャード（ＡＰのカメラマン、リチャード・ヴォーゲル）が殺されたと伝えたが、生きているから大丈夫。心配するな」と言う。そのＡＦＰ伝を知らされていなくてよかったと

カンボジア、クーデター取材中のグレッグ（1997年7月）

胸をなでおろした。

二〇〇三年夏、バンコックのプレスクラブで開かれたグレッグの追悼写真展に、ハノイから来てくれたリチャードは、その時のことをこう語る。

「クーデターの時、僕たち二人は一台のオートバイで駆け回っていた。そのころ僕は九〇キロあって、グレッグも軽量級とは言い難かったし、お互いに山ほどの写真機材を抱えていた。対立する派のあいだに挟まって、危ない思いをした。ホテルに戻ると、皆が不審げに僕たちを眺めている。

ある女性が近づいてきて、〝ここでなにしているの？　ＡＦＰは、あなたたち二人は殺されたと報道したのよ〟と言う。あっけにとられて、〝僕らはそうは思わないな〟と大笑いした。」

グレッグはこのときのことを、『サピオ』一九九七年八月六日号に、次のように報告している。

「プノンペンの町は不気味さに支配されている。直接的な身の危険もさることながら、とにかく雰囲気がよくない。道はモンスーンによる雨で水浸しになり、町はゴミとネズミの死体が作り出す腐臭に包まれている。

私がこの町に到着してから二、三日もしないうちに、悪霊が動き出したようだ。町は無法地帯になってしまった。それは水曜の夜のことで、首都から国道5号線を北へ四〇キロメートル行ったあたりで、フン・セン第二首相（人民党副議長）派とラナリット第一首相派の間で、武力衝突が発生したという話を聞いた。最初はまた噂だろうと思ったが、情報の混乱する町では、自分の目で確かめるしか真実を確認する方法はない。翌朝早く現場に向かうと、武装した兵士の検問所がいくつもできていた。

私よりあとに出かけた報道陣は検問を通過できなかったようだが、私は前線になんとか到達することができた。八一ミリ迫撃砲の音が近づく。兵隊たちがしきりに止まれといっている。私は持っているすべてのタバコを差し出し、その場の雰囲気をほぐすために微笑した。

市内東部には、緊張した顔つきの兵士があちこちに陣地を構えている。突然、どこからともなく砲撃が始まり、ＡＫ－47の銃撃音、Ｂ－40ロケット砲の炸裂音が、あたり一面に響き渡る。背筋を冷たいものがはしり、身の危険を直感する。プノンペンの町に暗い憂鬱な夜が訪れるとき、恐怖は倍加する。銃撃、砲撃の音は闇のなかで一層勢いを増し、まるで七〇年代初めの、あの〝ポル・ポトの悪霊〟が町に舞い戻ってきたかのようだ。

町のいたる所にフン・セン派（人民党）兵士の守る検問が設けられ、各所で交通が遮断されている。市内からは、戦闘に怯え、兵士の無法に耐えかねた市民が逃げ出している。すでに市内の電話線は切断され、食料が不足し始めている。フン・セン派兵士の態度はますます横暴になるばかりだ。略奪した酒で二日酔いの兵隊たちは、脅しに銃をぶっ放すばかりではない。略奪したウイスキーを朝の六時からあおる兵隊に、ありったけのタバコを差し出せば、ライターをせびられる。

私の手にするカメラを物欲しそうに見つめ、つかんできた。腐敗と麻薬取引が日常の町では、なぜか、その視線もあたりまえのことのように感じられてしまう。昨夜、カメラを渡すのを拒否した現地人カメラマンが、フン・セン派の兵士に殺された。その兵隊は血の海に沈む死体から得意そうにカメラをひったくったという。どんな戦場でもそれなりの規律があるものだが、プノンペンの町はまったくの無法地帯だ。だれを信用したらいいのか、全くわからない。一つ間違えば、いつ命がなくなってもおかしくない状況だ。

混乱の中で新しい秩序が生まれつつある。人民党系の放送局はフン・セン派を政府軍とよび、ラナリット派の兵士を〝クメール・ルージュ〟とよんでいる。町中でフン・セン派による略奪が続いている。ラナリット派の拠点は根こそぎ略奪され、テレビ、ラジオ、おもちゃから時計、バイク、自転車にいたるまで、フン・セン派の兵士にもっていかれた。国際空港の建物も略奪にあい、管制機材が強奪され、免税品店からも酒などがごっそり姿を消した。待ち合いロビーの壁には、銃撃の跡がありロケット砲の穴が大きな口をあけている。市内の店は二重に鍵をかけ、略奪の波が通りすぎるのを祈るように待っている。

プノンペン大学の庭で、ラナリット派兵士の死体が二つ、熱帯の太陽のもと、腐るにまかされているのを目撃した。フン・センに歯向かったらどうなるか、その見せしめだった。市民は恐怖におびえている。これまでポル・ポト派〝クメール・ルージュ〟が怖い怖いといわれてきたが、実際プノンペンを制圧し、選挙で選ばれた第一首相を追い落とし、権力を掌握したのはフン・センだった。ひ弱な平和は蹂躙され、独裁政治にとって代わられた。国内に残るラナリット派は一掃され、捕まった者は処刑され、家財は新しい支配者の間で分配されるだろう。カンボジアの将来には、暗雲が垂れ込めている。

内戦がはじまるのは時間の問題で、カンボジア人は戦闘と隣り合わせの運命から逃れられそうもない。

カメラを向けたとき、統率が乱れた末端の兵士に銃を突きつけられ、怒鳴られ、命を奪われる恐怖を感じた。かつてこの国を地獄に陥れたポル・ポトたちの悪霊の再来、この国に再び頭蓋骨の山ができてしまうのか、そんな嫌な予感がした。

カンボジアは権力をめぐって、また殺戮のあらたなページを開いた。」

ポル・ポトは一九九八年四月十五日、アンルンペンで淋しく死んでいった。グレッグは彼の死体を撮影することを許された三人のカメラマンの一人だった。彼は、西側のメディアが一律単純にポル・ポトを悪魔扱いして、その背後にあるものを見ようとしないことに批判的だった。『サピオ』

（一九九八年五月二十七日号）に、そのときの模様を次のように書いている。

「ポル・ポトがカンボジアを支配した七〇年代後半の五年間の傷跡は、このアジアの小国を今も苦しめている。大量殺人狂、三〇〇万人の国民を殺した男、アジアのヒットラー、彼は今世紀最後の独裁者として歴史に名を残すに違いない。

しかし、ポル・ポトには誤解された部分が多いのも確かだ。ポル・ポト、本名サロット・サルという人物、そして彼が先導したクメール・ルージュ運動を理解するためには、まず事実とフィクションの境界線を明確にする必要がある。

ポル・ポトと彼の同志たちの多くがフランスへの留学経験者で、かの地で彼らはスターリン主義の影響を受けたフランス共産党に傾倒した。やがてカンボジアにもどったポル・ポト一派が目指したのは、古代クメール文明で栄えたアンコールの復興である。つまり、金銭欲や物欲といった西洋資本主義の悪しき影響を排除して、農業を基盤とするユートピアの建設を夢見たのだ。

しかし、彼らの夢は脆《もろ》くも失敗に終わってしまう。ポト派内での権力闘争の激化によって、四万人のメンバーが殺されもした。もちろん国内のエリート層に対する粛清とは別にである。現在かつての幹部のほとんどがこの世を去るか、以前は自身もポト派に属していたフン・セン率いる政権に参加しているかのどちらかとなり、ポト派は終焉を迎えようとしている。

ポル・ポトを糾弾するのはたやすい。しかし罪に問われるべきは彼一人なのだろうか。

ポル・ポト派をカンボジアで政権に押し上げたのは、紛れもなくフランスとアメリカである。フランスは長年にわたって残酷な植民地支配を続け、アメリカはポト派制圧を名目にしてカンボジア国民への攻撃を繰り返した。キリング・フィールドと化したカンボジアではアメリカ軍の爆撃によって数十万人の死者が出ているが、そうした死者まで、ポト派による虐殺として数えられている。ポル・ポト派の罪とされるものは、決して西側諸国に生きるわれわれと無縁ではない。

ポル・ポトの死というニュースを聞いて、私は彼の遺体と対面するために現地へと飛んだ。ポル・ポトが茶毘《だび》に付されたのはタイ国境に近いアンルンペン北部。うだるような暑い日、彼の火葬が執り行なわれた。

ポル・ポトの遺体が納められた木製のシンプルな棺の上に、白やピンクの花が撒かれていて、愛用の椅子も一緒に燃やされることになった。棺が古タイヤと木片の上に置かれて火がつけられる。タイヤが燃えて濛々と立ち上る黒い煙。彼がもっとも嫌った工業化社会の廃棄物とともに燃やされたポル・ポト。そのことを彼は恨んでいるにちがいない。

葬儀にはポル・ポトの家族も政府関係者も出席していなかった。

しばらくして遺体が燃え尽きてしまうと、彼の遺骨と灰が集められた。遺骨は彼の妻と娘がひきとり、灰は生前、彼が愛してやまなかったカンボジアの三カ所に撒かれるという。

ポル・ポトの最後を確認しにきた外国人ジャーナリストたちは、彼の死を嬉々として受け止めていた。しかし彼らは、単に「真実」と伝えられることを鵜呑みにするだけの輩でしかない。「その真実とやらをいかにして知り得たのか」という質問に、誰が自信を持って答えることができるのか。ジャーナリストたちは、未だにポル・ポトの時代について何一つ検証しようとしていない。

ポル・ポトが大量殺人の責任を負わされれば、フランスの責任を問う必要はないのだろうか。キッシンジャーとアメリカ軍の責任はどうなのか。フン・センに罪はないというのか。少なくとも私に言わせれば、ポル・ポトはアジアのヒットラーなどではなかった。

カンボジアの悲劇について語る時、私たちはプロパガンダに惑わされることなく、客観的に歴史を考察する必要がある。悲劇の責任は、ポル・ポト一人が背負って死ねるほど軽く単純なものではない。」

二〇〇八年にはクメール・ルージュを裁く国際法廷が開かれる予定だ。いったい誰が悪かったのか？　ポル・ポトを裁く前にキッシンジャーの罪を問うべきだと、グレッグは繰り返し言っていた。歴史はどこまでたどっていったら、真実が吐き出されるのだろう。

グレッグはまたカンボジアの中で、何よりもアンコールワットを愛していた。一般観光客に公開される前、シャワー設備もほとんど整っていない、荒れ果てた昔からのグランドホテルに泊まった八〇年代の後半、国連軍が大挙して押し寄せた九〇年代前半、先祖代々の寺院群に庇護をもとめ村人が避難し生活していたころ、インドや日本の援助で始まった寺院の修復、さまざまな時代をとおして、カンボジアに来るたびに、彼は可能な限りアンコールワットに足をのばした。

私は一九九八年、初めて訪れることができた。さあ、あこがれの遺跡の魅力にじっくり浸ろうと、絵はがきさながらの石畳を寺院に向かって歩いているとき、携帯電話（そのころはまだ、ことにカンボジアではめずらしかった）が鳴った。それは東京のオフィスからで、某誌に写真を貸し出すにあたって価格をおしえてほしいという興ざめな電話だったことを、いまも鮮明に思い出す。

日が暮れて観光客も去り、土産物を売る子供たち、物乞いの人々、そここに立つ仏像に祈りを捧げる人々もいなくなり、真っ暗なアンコールワットでグレッグとただ二人、星空を見ながら、それぞれの思いに長い時間浸っていた宵がなつかしい。

二〇〇六年十二月、あるヨーロッパの写真エージェンシーが主催するアンコール・ワット・フォト・フェスティバルで、グレッグの追悼写真展をするというので、私は再びアンコールワットを訪れた。静かだった寺院群は、中国、韓国、そして日本の騒々しい観光客で、新宿か渋谷のような混雑だった。シエムリエップの町には、けばけばしく安っぽい中国資本のホテルが林立し、本当にがっかりした。これが発展ということ？

3　不思議の国、北朝鮮

二十世紀最後の三十年、一九七〇年から二〇〇〇年にかけて、アジアの政治地理状況は大きく揺れ動いた。ベトナム戦争の終息が、もちろん一番大きな出来事だったが、すべてが緻密な網の目のように絡み、一カ所が引っ張られれば、すべての力関係が変わってくるように、東アジア、東南アジアの各国はそれぞれの、苦難の道、あるいは「繁栄」の道を歩んだ。

その中で、中国、ソ連（ロシア）、ビルマ、カンボジア、タイなどと微妙に関わりながら、金日成の独裁のもと、外国に門戸を閉ざし、独特の道を歩んでいた北朝鮮への取材旅行は、グレッグの夢だった。

スポーツと平和の祭典で、歓呼する群衆と警護官

理髪店、髪型は壁面のスタイルから選ぶ（北朝鮮、２点とも撮影グレッグ・デイビス、1995年）

一九八九年七月三十一日号の『タイム』誌は、グレッグの北朝鮮取材を次のように紹介している。

「フォト・エッセイを完成させるにあたって、もっとも困難なことの一つに官僚主義を相手どって、いかに、取材許可を得るかということがある。今週号の特集で紹介する北朝鮮の写真をとったグレッグ・デイビスは取材許可を得るために文字通り何年もかけた。「北朝鮮の欧米の写真家に対する警戒心は並なものではない」と彼はいう。グレッグは五年間、東京の朝鮮総連の人たちと親交を深め、北朝鮮の映画を観たりして、やっと入国の許可を得ることができた。

いざ、北朝鮮に入ってからも、取材は常に〝付き人〟の監視下で制限されていたし、カメラを向けると、人々は家の中に引っ込んでしまう。〝奇妙な、しかし魅了される禁断の国に踏み込み、禁じられた知識をあじわう〟ような体験だったと彼はいう。」

グレッグが北朝鮮の取材を許されたのは、折しも世界百七十カ国からの代表を招待し、国の面目を賭けて開催された「世界青少年祭」の時だった。世界でももっとも孤立した国である北朝鮮は、世界に向けて最良の顔を見せようとした。グレッグが撮影した写真は、皆同じようににっこり微笑んで、歌を歌い、アコーディオンを弾く少女たち、一糸乱れずそれぞれに持ったカードを開いてスローガンを描き出すマスゲームの群衆、金日成の巨大な銅像に詣でる人々、案内された百貨店では、外国人に見せるために動員されたらしい買い物客が、買い物後、裏口から商品を戻している。患者のほとんどいない病院、古びたブラウン管の画面に走査線が数本はしっているようなコンピューターでの学校の授業、器材はそろっているように見えるものの、実際に研究が行なわれているとは思えない新しい研究所、などなど。

普通の人々の普通の生活を撮りたいという申し出は、断られたという。

外国人ジャーナリストに、より良い面を見せようという行き過ぎた努力は裏目に出たようだ。一九五〇年から五三年の朝鮮戦争で、ソ連と米国の冷戦に巻き込まれた形で分断された韓国と北朝鮮――その後、奇跡的な経済成長を遂げてきた韓国にくらべ、北は共産主義をえらび、金日成の独裁のもとで内向きの政策をとってきた。

この閉ざされた国への二回の取材旅行（二回目は一九九五年）は、グレッグにとって大変貴重だったらしく、「不思議の国」から帰って来たアリスのように興奮して、経験談を話してくれた。資本主義、民主主義、消費社会になれたアメリカや日本とは相反する価値観をもつこの国は、さまざまに彼を魅了した。

4　スー・チーさんへの単独インタビュー

一方、東南アジアへの思い入れは尽きることなく、一九九〇年には、やはり軍事独裁政権下のビルマへの入国を試みている。ドイツの雑誌の記者と組んで、民族音楽研究家と称してビザを取得した。だが、この時乗り込んだバンコック発のタイ航空機は、ビルマの反体制の学生二人にハイジャックされて、カルカッタに着陸する。

ハイジャックのことなど何もしらず、日本でのんびりしていた私は、『タイム』の香港在住の記者から「グレッグは無事カルカッタについたので、心配ない」という突然の電話を受けて、とまどった。私が知らない間に起こったハイジャック事件を、グレッグと同行した『シュテルン』のレポーター、ステファン・ライズナーは次のように語った。

「一九九〇年十一月十日、私と友人の写真家グレッグ・デイビスは、ラングーン行きタイ航空のビジネス・クラスに座っていた。離陸して二十分後、機長の丁重なアナウンスが流れた。「皆様、私たちはちょっとした問題に直面しています。この機はハイジャックされカルカッタに着陸するよう要請されています。（つづいて、カルカッタの天候の詳しい情報が知らされた。）」

われわれの頭にまず浮かんだのは、当然のことながら、これでビルマの軍事政権に関する記事はだめになる、でもハイジャックの記事が書ける、ということだった。

オー、カルカッタ！

我らが誇るゲーテが言ったように、ドイツ人は胸に二つの魂を秘めている。その二つはだいたいいつも言い争っている。ジャーナリストとしての良心は、「次号の『シュテルン』には記事が載せられるぞ（このところアジアのニュースは影が薄く、なかなか掲載される事がなかった）」と思った。一方、乗客としてはやはり不安だ。機体が急に数千メートル落下し、乗客の皆が泣き喚き、食べ物の乗った盆やプラスチックの袋がいったん天井にぶつかり、その後床に落下したとき、不安は最高潮に達した。

どうしてそうなったのか？　いずれにしてもそれから一時間、私の右足は、エコノミークラスから飛んできた食べ物の中に突っ込んだままだった。

私はグレッグに言った（この逸話は、これから私の香港の友だちが何度も聞かせられることになるのだが）。

「どうせ死ぬのなら、格好よく死のうぜ。飲みものを注文しよう。」

スチュワーデスは飲み物のサービスを拒否した。

「ハイジャッカーたちはアルコール飲料を許可しません。」

「ちくしょう、彼はムスリムなのか！」

実のところ、彼はムスリムではなく、ハイジャックの時はアルコールを出さないというのは、航空会社のきまりだったのだ。これは賢いきまりだ。アルコールを飲んでランボー気分になったマッチョな乗客がいたら、一巻の終わりだ。

ビルマの学生ハイジャッカー（香港の海外特派員協会誌、1990年12月号）

ハイジャッカーたちは、後にインドの新聞が報道したところによると、「服装もきちんとした、礼儀正しい若者たち」だったという。が、われわれが目撃したハイジャッカーはそうでもなかった。怖い声をしていたし、手には、笑みを浮かべた中国の女神の形をした爆発物をもっていた。

彼は、男性の乗客はみな後部へ、女性客は

前部へ移動するよう命令した。満席のエアバスの中で、ハイジャッカーに近づかずにそうするのは、なかなか大変なことだった。

タイ航空の乗務員は、五カ月のハイジャック訓練がいかに有意義であったかを立証した。乗組員のポルンスアンさんは、ハイジャッカーに、チョコレートや医薬品を乗客に配ったりトイレの順番を管理する仕事を与え、手一杯にした。

機長はカルカッタのダムダム空港に緊急着陸を要請したが、空港当局は機が着陸するまでハイジャクのことは知らなかったそうだ。

われわれが、テロ対策部隊がデリーから到着するまで機内で待たされたのは、言うまでもない。ハイジャックの首謀者はわれわれに、彼らの要求の一つは、ビルマでの残酷な民主化運動抑圧の実態を訴えるため、国際記者会見を開くことだと伝えた。

われわれはこの機会をとらえて、国際ジャーナリストに少し協力してくれないかと頼んだ。彼は写真撮影を許可し、グレッグは早速撮影を始めた。

これが全部すんで、乗客、乗務員、ハイジャッカーのすべてを含むグループ写真も撮り終えて降りるとき、ハイジャッカーは乗客の一人一人に「ソーリー、ソーリー」と謝った。

というわけで、幸運なことに史上最高にハッピーなハイジャック事件となった。

仲間のジャーナリストたちは、約束された記者会見にデリーから飛んできたが、われわれは取材を許されなかった。

オベロイ・ホテルに着いたわれわれは、さっそく『シュテルン』のニュースデスクにこの経験を伝えた。そこでわれわれがジャーナリズムについて学んだことは、こうだ。第一に、ハッピーエンディングのハイジャック事件は、流血のそれよりおもしろくないのだということ。第二に、週末に起こるハイジャックは、私たちが誇りとしている最先端のコミュニケーション・システムにもかかわらず、編集者には不都合だということ。

ことに午前三時にカルカッタからレポートを送ろうとしている時はなおさらだ。」（香港海外特派員協会誌 The Correspondent, 一九九〇年十二月号）

グレッグが「史上初のハイジャック機内の現場写真」を携えて帰国してから、アイピージェー社は日本の雑誌にハイジャック現場のスクープ（！）と写真と文章を売り込んだが、ほとんどの反応が『シュテルン』と同じで、「もっとおどろおどろしい流血の惨事でもないとねえ」。これは結局、『週刊朝日』が二ページで掲載した。

学生たちはビルマの民主化と、自宅軟禁されていたアウン・サン・スー・チーの解放を要求していた。彼らがハイジャックに使った武器は、石鹸をピストルの形に削ったものだった。でもこれはあとでわかったことで、ハイジャックとわかった時はやはり、グレッグもこれで最期かと覚悟したという。

ビルマへは、その後一九九二年、九六年、九九年と三回訪問することになり、アウン・サン・スー・チーさんとの単独インタビューもした。ビルマでのあるコネクションを通じて会見が可能だと分かった時点で、『サピオ』誌に話をもっていったところ、当時の編集長坂本隆氏が快諾してくださり、独占会見が実現したのだ。それ以降、グレッグはスー・チーさんの大ファンになった。

そのときグレッグの書いた原稿が残っていた。


一九九六年八月二十三日。

暑苦しく気まぐれな雨期の雨は、アウン・サン・スー・チーが毎週末行なう四千人ほどの聴衆を前にしたスピーチが始まる、午後四時ころから降り始める。人々は雨にもめげず、逮捕され刑務所に送られる危険をも顧みず、集まって来るのだ。あたかも、ビルマに覆い被さる悲劇をみて、空が涙しているかのようだ。聴衆の間には軍部のスパイがいて、群衆を撮影している。まわりの人々の恐れなど意に介さずというように、外国人観光客が、ノーベル平和賞に輝くスー・チーさんの写真をとろうとしている。なんらかの手段でビルマに入り込んだジャーナリストたちが塀に群がり、過激派や、またそうでない人々、あらゆる危険を冒しながらも一様にSLORC（国家法秩序回復評議会）に反対している人々が座りこみ、畏敬の面持ちで彼らの救世主の話を聞いている。

日本車、車体に広告の描かれたバス、壊れかけたトラックなどが、そばを走っていく。車中のある者は手を振っていくが、ある者は、見るだけで支持していると思われるのを恐れるように、わざわざ視線をそらせる。通りの向こう側の大きな木の下には、軍部のスパイが二人、スー・チー女史の言葉を一言漏らさず記録してSLORCのボスに報告できるよう、ビデオカメラを構えている。こちらからカメラを向けると、何かを恐れるように身を隠す。物売りたちは、お菓子やレインコートや水を売るのに忙しい。彼らには政治はどうでもいいのだ。金儲けが主眼で、この午後ここに集まった群衆からできるだけ利益を絞り取ろうとしている。モンスーンの雨は民主的にすべての人を濡らす。

ＳＬＯＲＣはスー・チーさんを「吠える犬」と呼ぶ。それは事実だろう。そして彼女の噛みつきは痛烈だ。それは国民民主連盟（ＮＬＤ）が政権につくまで、西側諸国がビルマとＳＬＯＲＣに対してとっている経済的締めつけのせいなのだ。

ＡＳＥＡＮは経済援助が改革をもたらすことを望んで、投資し、利益を生み出すという「ソフトに、ソフトに」という路線をとっている。このやり方や、日本の医療援助は、一部の支配階級をより豊かに、より強力にし、今の政策を続けることを可能にしている。

ビジネスはデモクラシーを嫌い、軍事政権は彼らの利益にとって好都合なのだ。

経済制裁の影響は高速道路システムを見ればよくわかる。崩れかけた道路の補修は手でなされる。大きな石を小さな石のあいだに手で打ち込む。子供が砂やタールを運ぶ。熱帯の熱い日差しの中で、労働者は小石を穴に埋め込む。収入は一日百五十円だ。こうして補修しても、二週間もすれば道はまた崩れ、同じことが繰り返される。

アウン・サン・スー・チーの自宅から数分のところに、ビルマでもっとも有名な寺院がある。このシュウェダゴン寺院は、多くのビルマの人々にとって精神的な支えである。仏像の前で合掌し、静かにお経を唱える人々、神秘的な鐘や鈴の音がお堂を満たし、黄金の光がそこかしこに射す。素足の人々がお堂を恭《うやうや》しく回る。

ヤンゴンのシュウェダゴン寺院（撮影グレッグ・デイビス）

私も、この心休まる習わしに従った。雨はほとんどやみかけ、日差しがときどき黄金の壁を照らす。その時、軍服を着て九ミリのピストルを持った軍人が、私の背後に近寄った。寺院の警護にあたるキャプテンだ。ビルマでもっとも平和な寺院でさえ、危険と背中合わせなのだ。

彼は流暢な英語でいう。「それは何のカメラだ？」

私は「これはローリーだ」と答える。

私服を着た付き人は、傘を彼の上に捧げている、自分は濡れながら。

軍人は一方的に話しはじめた。

「知ってのとおり、ビルマ人は民主主義など望んではいない。我々は導いてくれる強い指導者を必要としているのだ。軍隊は偉大な仕事をしている。民主主義は人民にとってよくない。アメリカは我々に投資すべきだ。彼らは我々を変えることなんてできやしないし、ビルマ人は変化を望んでいない。ほら、笑顔の人々を見てごらん。彼らが幸せだということがわかるだろう。」がさがさの手をぐるっと回して、これだけ言って去っていった。

数日後、私はビルマの古都バガンに向う途中、小さな町に泊まった。神秘的な寺院の音色が戻った。い長い一日が終わった。笑顔で私たちを迎えたボーイたちは、何か神経質なようすだった。泥道の脇の一軒の宿で、暑は、政府に正式に認められた外国人向けの宿だが、ここに泊まる人は少なかった。ほとんどがバガンまでいくのだ。パスポート・ナンバー、生年月日、その他おきまりの事項を記入するように言われた。コピーが十一部必要なのだという。次の場所のそれぞれに一部ずつ必要なのだ……区の法と秩序委員会、町の法と秩序委員会、地区の法と秩序委員会、警察署、軍司令官、軍情報局、警察特別支署、軍サボタージュ事務所、移民局、税務署、警察犯罪チーム。

ボーイたちの笑顔の裏に隠された不安と恐れは、このせいだったのかと思う。

私たちのガイドは不安になって、いざこざをさけるため朝四時半には出発しようと言う。私たちは朝、暗いうちにそっと抜け出しバガンへ向かった。

バガンでは白いホンダ・カブに乗った軍の情報員が一日中、私たちの車の後をつけていた。私が誰かと話をして去ると、彼らはこれらの不運な無実の人々を尋問する。何か危ないものを撮影すると、私は大丈夫だが、私の通訳が逮捕されたり刑務所に入れられたりする危険を冒すことになる。良心のない非道徳的な軍事政権は、こうして、身近な人たちが困ったことにならないよう、私たちが自らに検閲を課すようにしむけるのだ。よくあることだ。

アウン・サン・スー・チーの家の前で乗客を降ろしたタクシーの運転手がふたり、軍の警察に夜中に逮捕され、そのまま行方不明になった。アウン・サン・スー・チーが外出するときは、彼女の家の敷地に駐車している警察の車が二台あとをつけ、門を出たところで三台目が合流する。彼女は結婚式などによく呼ばれる。式場につくと彼女はホストに、後をつけてきた車の中にいる人たちに、食べ物をふるまうよう依頼する。彼らはまずしく、彼女の後をつけてきたせいで、食事にありつけないかもしれないからだ。食べ物はいつも受け取られる。

アウン・サン・スー・チーの家には十五人ほどの軍の情報員が常駐していて、すべての訪問者に署名させる。彼らは彼女を、怒った群衆から守っているのだという。彼らには、彼女に対する民衆の尊敬と親愛がSLORCの存在を脅かすものであることが、よくわかっているのだ。

北部で会ったSLORCの兵士が繰り返し言ったスローガンがある。

「民主主義は民衆への尊敬があって初めて成り立つ」

〈アウン・サン・スー・チーさんへのインタビュー〉

グレッグ　貴女とSLORCはどんな関係ですか？

アウン・サン・スー・チー（以下、スー・チー）　定義するのはちょっと難しいですね。いい関係ではありません。彼らと話し合わなければならないことがたくさんあります。政治を個人的レベルの問題に引き下げたくはありませんので、彼らが国に対し為している悪事について話しましょう。彼らのしている事で非難すべきことは、たくさんあります。悪い事をたくさんしています。

グレッグ　大きな多国籍企業は非道徳的です。発展途上国にとって、「ビッグビジネス」が国や人々の健康や福祉に与える影響をコントロールするのは、難題だと思います。

スー・チー　私たちには後発の途上国だという利点があります。他の国が犯したあやまちから学び、同じ過ちを犯さないようにすることができます。民主主義国のいいところは、すべてが人々に属するということです。独裁国家との大きな違いです。いろいろなアドバイスももらえるでしょう。たぶん多すぎるくらいに。良いものと悪いものを識別するのに時間がかかるかもしれない。私たちはすでに他の国が経験してきたことを知っています。だから大きな過ちは避けられるでしょう。でも、私たちも人間ですから、また誤るかもしれない。ただ善意とある程度の知性をもって事にあたれば、大きな間違いはしないですむと思います。

グレッグ　欧米諸国の広告やプロパガンダは強力です。ラッキーストライクの広告はいたるところにあります。ビルマが消費資本主義の犠牲にならず、国のアイデンティティーを保つことはできますか?

スー・チー　ビルマがアイデンティティーを保つために一番重要なのは、人々が自尊心をもつことです。自分と国を誇りに思えない人たちは、いいものは外国から来る、それがモダーンなのだと考えます。これは基本的には自信のなさの表われなのです。だから私たちは、誇りを取り戻すことのできるシステムを必要としています。

いま、人々はお金を稼ぐことで自分の立場を示せると考えています。お金があれば、存在価値があるというふうに。これは文明を崩壊させるいちばん手っ取り早い方法なのです。平和的手段でビルマの人々が民主主義を手に入れることができれば、それは誇りを取り戻すことにつながります。これが成就すれば、それに頼ることができる。その井戸から汲み上げることができます。誇りに思えることがなくなれば、どんどん沈んでいってしまいます。この井戸があれば、あらたな困難にも立ち向かえるのです。

自分たちを誇りに思えれば、他のまねをしようとは思いません。

グレッグ　将来は？

スー・チー　とても悲しいです。ビルマには大きな可能性があるのに、政府にはこの可能性をのばすための自信、意志、教育が欠けているのです。国際社会が、一つの国の間違いが他の国にも影響するということに気がつかないのは、本当に悲しいことです。一国が孤立していられる時代は過ぎました。ある国が不安定であるか、調和しているかは、その地域全体に影響します。私たちは、たとえそれが自分勝手な理由からであっても、すべての地域に正義と調和をもたらすことを求めるべきです。

グレッグ　国外の経済界はビルマの資源を狙っています。貴重な森林、石油、安価な労働力などなど。どうしたら搾取されないようにできますか？

スー・チー　だからこそ責任のある政府が必要なのです。責任のある政府は、人々の利益を優先しなければなりません。責任感のない政府は、自分のポケットにお金が入るならなんでもします。だから現政権はビルマにとって、とても悪い政府なのです。

私はいつも、私ひとりではできないと繰り返し言っています。皆が力を合わせなければなりません。それが民主主義というものです。各人が責任を持つべきなのです。責任なしの権利はないのです。責任ある透明な政府は、人々に何が問題なのかを分からせます。そして、私たち皆が協力しな

アウン・サン・スー・チー、自宅の庭で（撮影グレッグ・デイビス、1996年）

くてはならないということを理解させます。自分たちの政府だということを、身をもって感じることが大事なのです。私は、人々は敬意を持って大切にされれば、そのように応じると心から信じています。欲は不安から生じます。物質を所有することによって不安を紛らわそうとするのです。

私は覚悟ができています。

政治的には厳しい状況にあるものの、仏教徒の多い穏やかな国柄にひかれたのだろう、私たちの家には、ビルマからグレッグが持ち帰った工芸品や仏具などが多くあり、いまも当時の思い出を誘う。

一九七〇年以降の東南アジアは、いわば緻密な織物のようだ。

十六世紀からアジアに資源を求めて進出し、交易から得られる富を独占してきた西欧諸国（ポルトガル、スペイン、オランダ、イギリス、フランス、そして米国）は、十九世紀には弱体化した東南アジアの王国や帝国を支配下におき、植民地として統治してきた。各国の統治政策は、現地の人々の扱いにおいて、比較的寛容なものから、差別的で過酷なものまで、さまざまだったが、解放ののちも、どの国もいまだに植民地時代からの傷を背負っていることに違いはない。

フィリピンはスペイン、続いてアメリカに、インドネシアはオランダに、ビルマはイギリスに、ベトナム、ラオス、カンボジアはフランスに、マレー半島はイギリスに、それぞれ統治されていた。第二次世界大戦で、大東亜共栄圏を夢見る日本がこれらの国々に侵攻し、無謀な戦いをいどんだことは、私たちがもっと深く知るべきで、うやむやにしてはならない問題である。戦後のこの地域の錯綜、混迷に対して、私たち日本人には大きな責任がある。

長年にわたる植民地政策、それに対抗して生まれてきた民族主義、そして戦後の中国、ソ連、アメリカの台頭による権力争い、などが各国の伝統、文化、歴史と微妙に重なりあい、影響しあい、あるいは縦糸に権力者の利権争い、汚職、軍事弾圧、横糸に貧困、民族間の紛争と、なかなか模様の定まらない織物となっている。

織物といえば、カンボジアですばらしいものをみた。その工房はみすぼらしいが、数人の女性が絹で旗を織っていて、あでやかな紫や緑の地にアプサラー（天女）や象の模様が浮かび上がってくる。一枚の布を織るのにひと月かかり、値段は一〇〇ドルだという。そのころのカンボジアの織物としては破格に高いが、すばらしいものだった。この複雑な模様を浮かび上がらせるには、綿密に色の違う縦糸と横糸を組み合わせる必要がある。布が織られていくのを見ながら、どうやって仕上がりを予測できるのだろうと感心したのを覚えている。

東南アジア、いや世界がすべて、この織物に重なって見えることがある。さまざまな色合いや濃淡に染められた糸がどんな模様を描きだすのか、完成品は熟練したものの目にさえ予測できない。

5　中央アジアへ向かう視線

フリーランスのジャーナリストの仕事は大変だ。常に新しいトピックを追い、リサーチをし、雑誌やその他のメディアに提案しなければならない。グレッグは口ぐせのように「読まなければならない本がたくさんある。勉強しなくては。ああ、時間がたりない」と嘆いていた。彼は一九八七年から『タイム』誌の契約写真家として、提案する記事はたいていオーケーが出たし、経費も潤沢に出してくれたので、恵まれた環境で仕事をすることができたと思う。

が、一九八〇年代後半から目覚ましくふえた企業合併は、雑誌『タイム』の発行元のタイム・インクにも波及し、一九九〇年にはワーナー・コミュニケーションと合併し、世界一のメディア企業となる。友人のように親しくつきあっていたエディターたちの一部は、人員カットでいなくなり、事業の再編成で写真部のデスクになった人は写真に対する理解がない。アジアのこと、歴史のこと、国際情勢のことなど、何もまったく知らないと、グレッグはいつもぼやいていた。彼は九七年に、『タイム』誌の専属をやめた。内容よりも見栄《みば》えを優先する編集方針と、自らの写真家としての姿勢の折り合いがつきにくくなったのだという。

会社や組織に保護されていないだけに、フリーランスのジャーナリストにとって、世界各地の友人たちのネットワークは、仕事の命綱だ。まだEメールが普及していない時代には、朝起きると各国の友人との情報交換で、国際電話代はばかにならない金額だった。あまりの長話にときどき文句をいうと、これがなければ仕事にならないんだ。と言い返された。確かにまめなネットワーキングによって、彼の友人知人は世界各地にひろがっていた。

九〇年代の半ば頃から、グレッグの関心は徐々に中央アジアに向かっていった。中央アジアを専門とするドイツ人の若い記者マルクス・ベンズマンが、グレッグに中央アジアへの扉を開いてくれた。

一九九八年、初めての中央アジア行きでグレッグは、ウズベキスタン、中国西域のカシュガル、

新疆ウイグル自治区、カシュガルの市場。中国統治下でも伝統的な服装をたもつイスラム女性（撮影グレッグ・デイビス）

キルギス、タジキスタンを訪れた。私たちにとってこの地域はソヴィエト時代には閉ざされていた国で、グレッグはアメリカでの少年時代、私は日本での少女時代に、それぞれこれらの禁断の国に夢を馳せていた。私は同行することはできなかったが、一緒にこの地方についての旅行記を読み、カシュガルだとか、ウルムチ、サマルカンド、キヴァ、天山山脈などという地名の響きにさえ心揺さぶられていた。

　グレッグはこの地域の石油を巡って世界が胎動していることを、早くから察知していた。一九九八年二月二十五日の『サピオ』誌にこう書いている。

「石油をめぐる争いは、これまでも幾度となく戦争に発展して、世界中で数多くの人命を奪ってきた。そして現在、世界が注目するあらたな石油狂騒が中央アジアで勃発している。

中央アジアでも、特にカスピ海沿岸の油田地帯は、過去二十五年間で見つかったものとしては世界で最大だ。開発が進めば一日あたり数百万バレルの石油産出が見込まれる。この量は、世界全体の供給量七〇〇〇万バレルに対して、大きな影響をもたらすに違いない。

中央アジア全体での石油の推定埋蔵量は二〇〇〇億バレルとされ、二十一世紀には、中東と並んで世界最大の石油産出地帯となるのは確実である。この石油利権をめぐって、カスピ海沿岸諸国に加えて米国、中国といった大国がしのぎを削っている。

カスピ海に国境を接する国は、かつてはソ連とイランの二カ国だけだったのが、旧ソ連の崩壊によってアゼルバイジャン、カザフスタン、トルクメニスタンが加わった。過去百五十年、ソ連の裏庭と見なされてきたカスピ海沿岸だが、最近はロシア抜きでの開発プロジェクトも目立ってきている。例えば、トルクメニスタンからアフガニスタンを抜けてパキスタンやインドにいたるパイプライン計画、さらには中国やイランへ通じるものなどである。開発に遅れまいとする西側諸国の石油会社も、すでに六〇〇億ドル以上を投資しているのだ。……

さらに複雑なのが、中央アジアからアフガニスタンを通るパイプラインの建設をめぐる駆け引きだ。旧ソ連の崩壊以降、パキスタンは中央アジアからインド洋まで最短距離で結ぶ二つのパイプライン建設計画を提案している。トルクメニスタンからアフガニスタンを経由して、パキスタンに至るものである。民族的にも文化的にも中央アジアに近いパキスタンは自らがインド洋に面する利点によって、中央アジア産石油の輸送拠点となることを狙っているのだ。

パキスタンはパイプライン建設を早急に進めるために、アフガニスタン内戦では米国同様にタリバン勢力を支援した。ここに「パイプライン同盟」と呼べる、トルクメニスタン、パキスタン、タリバン、米国——の連合が形成されたわけである。

対するイランは、パイプライン建設を阻止するためにアフガニスタンの反タリバン勢力に加担した。ロシア、ウズベキスタン、タジキスタンも、タリバンによって権力の座を追われたラバニ政権を依然として支持しており、イランを加えた奇妙な「反パイプライン同盟」が存在する。

パイプライン建設を阻止したいロシアは、かつての宿敵であるラバニ政権のマスード将軍にもウズベキスタンを通じて軍事兵器を供給している。ロシアはパイプラインを自国の領土内に建設することで、中央アジアへの影響力を維持したいと考えているのだ。

中央アジアの石油狂騒が、不安定な国際政治に文字通り油を注ぐ可能性も依然のこっているのである。」

その後もマルクスとの連携プレーで、中央アジアでの取材網が広がっていった。一九九九年に日本人の鉱山技師四人が拉致された事件では、マルクスとふたり、キルギスタンのフェラガモ渓谷に、武装勢力の主犯といわれるナマンゴニを追い、『週刊ポスト』にスクープを連載した。

5 「9・11」以後の世界

1 アフガニスタンからの報告

二〇〇一年九月十一日、私たちはパリからロンドンへ向かうユーロスターの車中にいた。隣りの乗客は、騒々しいビジネスマンで、車中でも傍若無人に大声で携帯電話をかけまくっていた。私たちは辟易していたのだが、そのうちに彼の声色が変わった。

「え、なに、パレスチナ?……テロリスト?……爆撃?……」といった単語が、切れぎれに伝わってくる。変な人だと思っていたが、だんだん、どうも大変なことが起こっているらしいことに気づいた。しかしいったい何なのか、見当もつかない。ユーロスターは海底トンネルを通過中で、なんのニュースも入らない。車掌さんたちも訝しげに首をかしげるのみ。こうなると、隣りのうるさい乗客が唯一の情報源だ。彼のオフィスとの会話を通じて、少しずつ概要がわかってきた。

ウォタールーの駅につくと異様な雰囲気だった。みなそわそわと落ち着かず、かといってテレビや新聞に見入っているわけでもなく、具体的な情報はまだつかめない。

チェックインするのももどかしくホテルの部屋に入り、テレビをつける。そのとたん画面に、炎につつまれた貿易センタービルがあらわれ、隣りのビルに飛行機が突っ込んでいった。世界中の皆がその時そうだったように、しばらくの間ふたりとも、テレビに釘づけになった。

夕食は友人の写真家、ギャリー・ナイトの家に呼ばれていたので、そのためにパリで特別なワインも買って来ていた。ギャリーから電話で、『ニューズウィーク』の取材でアフガニスタンに行くので、ディナーはキャンセルだと言う。貿易センタービルの崩壊に呆然としていた私は、なぜアフガニスタン、どうして、この事件がアフガニスタンと関係があるの？　とあっけにとられたが、彼らにとっては当然の推測だったらしい。いつものことではあるが、いかに私が国際情勢に無知であったかを思い知らされる。

東京のオフィスから電話が入り、『週刊ポスト』の三浦和也氏がマルクスに、アフガニスタンに行ってほしい、オサマ・ビン・ラーディンらの動向を探ってほしいという。結局彼は、日本のメディアのレポーターとしては異例の早さで、九月十四日に北部アフガニスタンに入った。

東京に帰ってからの数日は慌だしかった。日頃、国際ニュースの写真にはほとんど関心のない日本のメディアだが、この時だけは違った。当時私は、勤めていた会社を引き継ぐかたちで、アイピージェー（IPJ）という写真通信社を経営しており、主要な多くの海外写真通信社と契約していた。それで他の新聞社や通信社の手に入らない、世界貿易センタービルを攻撃する瞬間を撮った衝撃的な写真が、たくさん送られてきたからだ。

なかでも、セブン・エージェンシーのジム・ナクトウェイが撮ったものは、後々までもこの事件を象徴的にあらわす力強いものだった。ジムとは、南フランスのペルピニャンで開かれた写真祭で、一週間前に会ったばかりだった。彼は写真祭が終わってその足でニューヨークに戻り、すぐにこの出来事に遭遇したのだ。彼のアパートは貿易センターの近くにあった。優秀な写真家であるためにはいろいろな条件を満たさなければならないが、その時、その場にいるということも、大事な要素だ。ジムのように〝ラッキー〟な人もいれば、もう一人の友人で、北京にいながら天安門事件の前日に写真家になることをあきらめ、米国に帰国してしまい、機会を逃した人もいる。

9・11を境に世界は大きく変わった。いまでも多くのことが、9・11の前か後かで判断される。私たちはブッシュ政権が、ここぞとばかりに「テロリスト」や「悪の枢軸」という言葉を連発し、人々の恐怖心を煽り、愛国心を鼓舞するのを、大変苦々しく思っていた。

アメリカのアフガニスタン攻撃がささやかれ始めたころ、グレッグの友人のスイス人写真家のダニエル・シュヴァルツから、ほとんど鎖国状態に等しいアフガニスタンに入ってレポートできる人がいるという情報がはいった。パキスタン人のジャーナリストグループで、タリバンがバーミアンの仏像を爆破したスクープ映像を撮った人たちだという。世界はアフガニスタンからの情報を欲していた。謎につつまれたタリバンのリーダー、オマール師のことなど、外の世界にはほとんど情報が伝わってこなかった。いくつかのテレビ局に話を持っていった結果、テレビ朝日が数週間にわたって、ニューステーションでカンダハルからの実況中継をすることになった。

衛星電話が、パキスタンの特派員からクエッタ経由で、カンダハルの現地レポーター、ミール・ワイズ氏の手に渡った。

実況中継の時間になってもなかなか電話が通じなかったり、二〇〇一年十月七日のアメリカのアフガニスタン侵攻以後はカンダハルも爆撃の対象になったりして、はらはらすることも多かったが、CNNとアルジャジーラ以外に現地からレポートしたのは、ミール・ワイズだけだったので、大手のメディアに対抗し真実を伝える一助になったことを、私たちは誇りに思っていた。

一方、マルクスはウズベキスタンから北部のマザーリシャリフ近辺にはいり、北部同盟の側からレポートを送り、記事は一カ月以上にわたって『週刊ポスト』に掲載され、これもやはりメジャーのメディアが伝えない、現地の人々の声を伝えた。

世界中が反テロ戦争に沸き、アメリカの政策に疑問を抱く声は少数だった。「反アルカイダ」のヒステリーに巻き込まれるなかで、〝なぜ、どうしてこうなったのか？〟を考えるメディアの声は、かき消されがちだった。グレッグは友人たちとメールを交わし、アメリカの政策に批判的な人たちと意見を交換しあった。アメリカでは国旗を立てなかったり、国旗のステッカーを車に貼らない人は、「非国民」扱いすらされたという。

2　グレッグの写真論と作品

『タイム』誌を離れ、インフォテインメント（インフォーメーション＋エンタテインメント＝情報娯楽）とさえ呼べる娯楽化したニュースの世界に愛想をつかしていたグレッグは、このころ、「自分の仕事はドキュメンタリーだ。じっくりと相手にむきあって写真を撮ろう」と、私たちの山の家のある群馬県の写真集を準備中だった。「伝統も近代的な工場も、夜の町も、汚い部分も、すべてを撮りたい、真摯に〝今〟を切り取ることが、日本の未来の世代へのメッセージになる」と信じていた。

二〇〇二年の夏にこの写真集は完成した。スポンサーとなってくれた群馬県から二千部ほど発行され、群馬県庁で写真展も開催された。

この頃からグレッグは、自分なりの写真論とでも呼べるものを考えはじめていた。前橋の写真展で述べた次の言葉は、今振り返っても、彼の考えをよく示している。

「私が今、生まれ故郷のロスアンゼルスではなく、アジアに住んでいるのにはわけがあります。私は祖国に見切りをつけました。そして、生まれながらの言葉、文化、宗教などに別れをつげました。このことは私の写真家としてのあり方にとって大切なことなのです。こうすることによって、物事を新たに発見する喜びを与えてくれます。これは、偏見ある考えを批判的に見る鏡なのです。

これらの写真は、時に大変困難な状況下にあっても、日々生活していく普通の人々に焦点をあてています。

私たちが経験する悪、悲劇、喜びはそれぞれに異なっているように見えますが、本質的には同じなのです。

私は写真によってそれを示したいのです。

写真は人間の美しさや孤独、やりきれない側面を見つめるための一つの方法です。人生の複雑さを解くためのヒントを与えてくれます。歴史を記録し、立ち止まって考えさせてくれもします。

写真は、編集者があらかじめ持っている先入観を強化するために利用されることもあります。このような大衆ジャーナリズムは、私たちが直面する複雑な問題を探求しようとはしません。大衆消費社会にとっては、人々が無知な方がつごうがいいからです。

人々にとって大切なことが何であるか、未来にとって大切なことは何かを知らせるために、写真が使われることが大事です。

私たちは自身の人生に責任があるだけでなく、周りの人の人生にも責任があります。より多くの事を見ることによって、より多く知ることができる。より多く知ることによって、私たちを取り巻く世界を変えることができるのです。

私たちは皆忙しがっていて、そうすることができません。仕事に行って、周りにある風景を見ようとはしません。家に帰ったらテレビを見たり、あるいはビデオゲームや他の気晴らしをします。

そこで、写真が役立つのです。

家に帰って野球の試合を見る前に、あるいは風呂上がりに写真を見て、それについて考えてみてください。自分でその場に行かなくても、他の人が見てきた物を見てください。

ベトナム戦争後、私は何か興味をもってできる事を求めていました。私は以前から写真が好きでした。その頃、私はとても若く二十二歳でしたが、カメラをもって世界を旅し、いろんな人にあっていろんな物を見るのは、どんなに素敵だろうと思ったのです。

カメラを持っていると、人の家にいって写真を撮らせてとお願いすることができます。カメラがなければ「家には入れないよ、帰ってくれ」と言われるのがおちです。

写真家であることによってさまざまな文化、考え方や宗教にふれ、戦争や売春から、美しい自然風景にいたるまで、多くの状況に遭遇することができます。想像力が許す限り何にでも近づくことができるのです。写真家になったのは、このような理由からです。

私は何かを証明するために写真を撮りに行くのではありません。これはいい事だ、あるいはこれは悪い事だ、だから写真でそれを証拠立てるのだ、とは思いません。私はそこに行って、そこの人々の置かれた状況を、彼ら自身に語ってもらうのです。

誰もが写真を撮ります。が、なぜ写真を撮るのでしょう？

なぜなら記憶は薄れていくものだからです。私たちはその瞬間がいつまでも続くことを願って、例えば子供の写真をとります。記憶を助けるためです。そして時は止まって、その瞬間は不滅になります。瞬間というものは、写真家より、そしてその写真家がとらえる被写体より、もっと大きなものです。ダンスのようなものです。街角の一場面も、気がつかないうちに舞踏の一シーンとなっているのです。皆、お互いに距離をとりあいながら歩いている。すると誰かが何かに気づく。突然、相互関係が生じて、何かの形ができあがる。その瞬間、すべてが繋がってくるのです。そこでその瞬間を写真に撮ります。

時と空間のはざまで、私たちは静止します。そして写真を眺めるのです。写真は、私たちが生きている限り、生き続けます。」

彼は〝戦争カメラマン〟であることに批判的だった。〝戦争カメラマン〟というと、何かヒロイ

グレッグの見たアジア　©Greg Davis

タムシン僧院の少年僧（ブータン、1997年２月）

政争をさけてアンコールワットに避難した村人（カンボジア、1993年）

道路工事に携わる少年（ビルマ、1997年）

山岳民族の伝統行事「お見合いダンス」（ベトナム北部のサパ）

アンコールワット寺院群のタプロム寺院。遠い昔に消滅した王国の遺跡あとにたたずむ庭守。栄えるものは滅びる。イチジクの大木が遺跡を浸食する（カンボジア）

メコンデルタの運河、朝もやの中を行く小船（ベトナム、1993年）

遊びに飽きて仏塔で休息する少女、彼女にとって頭蓋骨の山は見慣れた光景だ
（カンボジア、コンポンチャム、1997年）

新疆ウイグル自治区、カシュガルの市場。中国統治下でウイグル人は抑圧されている。市場の人々のまなざしも疑心暗鬼に満ちている（1998年）

ヤンゴンの魚市場（ビルマ、1997年）

石炭を運ぶ人々（ベトナム、ハイフォン）

群馬県川原湯温泉の湯かけ祭り。この地は八ツ場ダムの底に沈む予定で、伝統的な行事もどれほど続けられるか、住民の思いは複雑だ（2002年１月）

漁船の出漁を見守る女性たち（ベトナム、ハイフォン、1995年）

グレッグ・デイビス（Greg Davis）
1948年、ロスアンゼルスに生まれる。67年から70年、米軍兵士として南ベトナムに駐留。70年から74年、京都に住む。独学で写真を学びアジア各地を撮影、『ライフ』『タイム』など世界の主要誌や日本の雑誌にも掲載された。87年より『タイム』誌契約写真家としてアジアを取材。98年、フリーになり独自のドキュメンタリーフォトを目指す。2002年、急速に失われつつある一地方の生活を記録した『GUNMA　群馬――暮しと人々』を出版。2003年５月４日、肝臓がんにより死去。

ックで、時代の注目を浴びるようなイメージがある。彼も戦場に行っているが、〝戦争カメラマン〟ではなかった。「ほんとうにものごとがわかるのは、戦争の前と後だ。戦争のアクションは誰だって撮れる。ほんとうに難しいのは、戦争に至るまでと戦争が終わってからの、人々の生活を撮ることだ。その中に、ほんとうに意味あることがあるんだ」という考えをもっていた。

彼が撮った写真を、今まとめようと思っているが、そう思って彼の写真を見ていると、どれも静かで、じっと見入ってしまう。一枚一枚、立ち止まって見ていると、「あ、このことが言いたかったんだな」と気づくこともあり、とても時間がかかる。彼の写真は、そういう写真なのだ。

3　中央アジア・ダイアリー

グレッグは、写真によってメッセージを伝えるという使命感だけでなく、心底、カメラを携えて世界各地を旅するのが好きで、各地でのさまざまな出会いを心から楽しんでいた。

常に世界の動きや歴史について勉強し、今まで行ったことのない国、取材したことのないテーマを求めていた。

中央アジアに興味を持ちはじめた頃から、グレッグはアレキサンダー大王の足跡に興味を持ったようだった。壮大な冒険旅行でもあったし、中央アジアの、いや世界の歴史の大きな基礎を築いたともいえる大王の足跡を追うと同時に、いま世界が置かれている状況を判断する鏡にしたかったのだろう。

前出の科学雑誌『ニュートン』の当時の編集長、寺門さんの理解を得て、二〇〇二年十月、グレッグとマルクスは、アフガニスタン、ウズベキスタン、アゼルバイジャン、イランへの旅に出発した。アレキサンダー大王は、ギリシャのマケドニアから出発し、トルコ、イランを経てアフガニスタン、ウズベキスタン、パキスタン、インドまで到達したが、この旅行ではすべてをカバーすることはできず、ウズベキスタン、アフガニスタン、イランに限られた。

北朝鮮にも行ったことのあるグレッグは、ジョージ・ブッシュが大嫌いだったので、イランとイラクにも行き、ブッシュのいう「悪の枢軸」をすべて訪ねたいと言っていた。

私は休暇を取って、十一月にウズベキスタンのタシュケントで彼らと合流した。以下はその頃の日記から。

二〇〇二年十一月二十一日。

タシュケントは全体に荒廃したソヴィエトの感じ（四角く灰色の崩れかけたビル、広々としているが殺風景な道路、独裁者カリモフの肖像があちこちに掲げられていることなど）だが、空気は乾燥しさわやかで、街を行く人々の帽子やスカーフのいでたちが、いかにも「中央アジア」らしい。ウズベキスタンは二〇〇一年の米軍のアフガニスタン侵攻以降、米軍基地を受け入れ、反テロ戦争の一翼を担ってきた。タシュケントに寄った目的の一つは、アフガニスタンへのジャーナリスト・ビザを受け取ることだった。

一足先にこの地域に来ていたグレッグとマルクスが、いろいろと手はずを調えておいてくれたので、これは比較的スムーズにいった。とはいえ、まずウズベキスタンのプレス・パスを入手し、次に国境を越えるためのボーダー・パスを入手しというふうに、官僚的段階を経てのことではあるが。グレッグとマルクスは、イランを取材したあとアゼルバイジャンに行って、今夜までは来ないので、私はヴォロージャというロシア系の若者の案内で、土地の珍味（例えば牛の睾丸）を食べたり、まさに「中央アジアの市場にて」というたたずまいのバザールに行ったりして、新たな冒険の第一日目を満喫した。

十一月二十二日。

サマルカンドへ向かう。埃っぽい道、一面の綿花畑、ロバにひかれた荷車で行き交う人々。かつてのシルクロードというだけで、わくわくする。

道は一部カザフスタンを横切り、水とパンを買うためにカザフスタンのバザールに立ち寄る。たくさんの人で賑わう市場の活況をビデオにとって、車に戻る途中、運転手が誰かと握手をしているので、こんなところで知り合いにでも会ったのだろうか、と不審に思いながら撮影を続けていると、緑色の軍服を着た男にビデオを摑まれた。運転手に助けを求めようとするが、彼も背を向けてどこかに行ってしまう。続いてもう一人の軍服姿の男が、何やらどなりながら、私をトラックのコンテナの中の、オフィスらしいところに連れ込もうとする。グレッグの名前を叫んでも、先に行ってしまって声はとどかない。一瞬どうなるのかと思ったが、つかまれた腕を力一杯振り切って、バザールの陳列品を踏みつけて逃げ出した。あんなに速く走れたのは、生まれて初めてかも知れない。マルクスの姿を見つけて一安心。が、運転手はまだ戻っていない。二人でふたたび彼の救出に向かう。

マルクスが警察（だったという）と押し問答の末、話はついたようだ。彼らは、撮影などしていると、ことにウズベキスタンから入って来た人間は、スパイだと思うらしい。一体なにをスパイするというのだろう。とにかく、二日目にしてちょっと怖い経験だった。

十一月二十六日。

私たちはアレキサンダー大王の足跡を追って、ブハラ、そしてそこかしこにあるギリシャ時代のものと思われる遺跡（といっても発掘する費用がないので、さまざまな大きさの丘のようなものが残されているだけ）を経由し、ソ連軍がアフガニスタンに侵攻した時、そして撤退時にも通ったテルメスに続くハイウェイを左折し、果てしなく続くように見える砂漠を、さらに三時間ほど走った。そうして日暮れ少し前に、アレキサンダー大王の夫人ロクサンヌの出身地と思われる山の中の村、ヴァシヴァルにつく。村の広場では男たちが集まり、夕日を浴びながら歓談している。ロバをひいた少年が家路につく。まるで別世界に足を踏み入れたようだ。

ロシア語の得意なマルクスが話をし、村の一軒に泊めてもらうことになった。リンゴ、クルミ、パン、ピラフなどのごちそうで、心からの歓待をうける。ウズベク語、ロシア語、英語と、まだるっこしくはあるが会話も弾み、こちらから切り上げなければ、宴は延々と続く模様。ドイツ人は一九二〇年ころからときどき来たが、日本人もアメリカ人も初めてとのこと。本当にアレキサンダー大王の時代からこの村があったのかどうか、歴史的証拠はないが、信じたい気になる。

十一月二十七日。

ロバに乗った人が行き交い、牛を追う夫婦が山道をくだり、水汲みの女性たちがそこかしこで会

砂漠でメッカに向かい祈るイスラム教徒（アフガニスタン北部、撮影グレッグ・デイビス、2002年）

話する絵のような村をあとに、アフガニスタン国境に向かう。アム・ダリヤ川沿いの移民局に着いて一安心と思いきや、私の入国が許可されない。問答の末に、私がパスポート・ナンバーを間違えて伝えていたことがわかり、やっと通してもらえた。ふだんの私のずぼらさが災いしたのだ。教訓——数字には気をつけること。

アフガニスタン側では、朝の八時からガイドが待っていたという。私たちがついたのは三時半だった。

砂漠の中をマザーリシャリフに向かう。まず気づいたのは、アフガン人のひとなつこさと貧困。砂漠にならんだ、掘っ建て小屋や、錆びついたコンテナに住む人たち。一面の荒れ地の中で、一体どこにあるのかわからない家（?）に帰る父と子。道ばたに座り込んで何かを待つ母と娘。砂漠の真中に布を敷いて祈る二人の男。時計を見るとちょうど五時だった。すべてが珍しい。

砂漠の風景は、アフガニスタン侵攻後、アメリカが飛行機からばらまいた黄色いプラスチックバッグに入った食料を思い出させた。

グレッグがこんな逸話を話してくれた。

「米軍は投下した食料の袋の中身を、絵や写真でわかるようにしていた。ベビーフードが落ちて来たとき、袋の赤ちゃんの写真を見て、アメリカ人は赤ん坊を食べるのか！　とアフガン人は驚いた。」ありそうな話ではある。

十一月二十八日。

軍閥の一人、悪名高いドストゥム将軍に会うため、新しくできたトルクメニスタンへ伸びるハイウェイを一路東に向かう。彼の本拠地であるシェルバガンに着いたころ、将軍と彼の取り巻きはすでに街を離れてしまっていたので、マルクスの思いつきで刑務所に行くことにした。この刑務所は、収容人員の数ではアフガニスタン最大だという。

刑務所を管理している役所に行くと、今日はアメリカ人がいないからどうぞ、写真を撮ってもいいし、インタビューもご自由に、と言う。日本では信じられないことだ。

グレッグは撮影し、マルクスはインタビューをしたが、私は怖じ気づいてホームビデオのカメラは車に置いていった（数年のちにドキュメンタリーを撮るようになった私は、この時のことを返すがえすも残念に思っている）。

一年前にクンドゥーズ地方で捕えられた「タリバン」といわれる人たちは、約一万人いた。そのうち一二五〇人（うち五八〇人はパキスタン人）が、今もここにいる。大勢が死んだ。一〇〇人から二〇〇人が、一つのコンテナに詰められてここに運ばれてきた。ある二十歳の青年の証言によると、彼が入れられたコンテナには一〇〇人ほどがいて、生き延びたのは三〇人だという。当時この事件は、アメリカ軍による虐待ではないかとさまざまなメディアで騒がれた。米軍は関与を否定した。が、彼らがコンテナに詰められたとき、アメリカ人が五、六人回りにいたと、話を聞いたすべての囚人が証言している。

そのとき囚われた者のうち、ある者はキューバのグアンタナモに送られた。地位やお金やコネのある者は釈放され、いまだに囚われているのは、家族がいなかったり貧しかったりで、救援のつてがない人たちなのだ。

刑務所にはイタリア人医師が診療する病院がある。ここの囚人は一〇〇パーセント結核を患っているという。

グレッグとマルクスが撮影し話を聞いているあいだ、部屋の奥から次々と囚人が窓に集まって来て、鉄格子越しに我も我もとカメラの前に立ち、話したがる。みな、大きな強烈な目を持っている。十九歳から二十五歳、彼らはタリバンだったという。でも、それは捕まる前の数カ月の間だ。一人のパキスタン人は、ムラー（宗教指導者）の言葉にしたがってアフガニスタンに来た。そうすべきだと言われたのだという。

アフガニスタンに来てまだ一日なのに、もう一週間もいるような気がする。その夜、マザーリシャリフの宿舎で、グレッグはマルクスに、ジャーナリストのあり方について語った。

「九月十四日に民主主義は死んだというが、その通りだ（9・11の三日後に米議会はテロリストに対する武力行使を決議した）。そう、情報は嘘ばかりだ。戒律による衣服の強制はタリバンだけとか、凧《たこ》あげや化粧はタリバンによって禁止されていたとかも、嘘だ。通訳は当時、テレビを持っていたと言っていた（マスメディアはタリバン時代にはテレビは禁じられていたと伝えた）。司令官やブッシュの話はどうでもいい。運転手や門番、通訳や街の人々の話すことに耳を傾けるんだ！　その中に現実がある。自分で国境を越えて見つけるんだ。」

今になって思えば、グレッグはこの頃から体調をくずしていたようだ。アフガニスタンでお腹のぐあいが悪いと言い出したのが、最初の兆候だったと思う。その時は食中毒かインフルエンザだと、

アフガニスタン、シェルバガンの刑務所。囚人たちは2001年に米国が侵攻した時クンドゥーズ地方で捕えられ、コンテナでこの刑務所に送られた。「タリバン」だといわれている（撮影グレッグ・デイビス、2002年）

軽く考えていたのだが。

十二月二日の日記に、グレッグはこう書いている。

「アフガニスタンの国境を越え、ウズベキスタンに入った。(アム・ダリア川の長い橋を、荷物を全部もって徒歩で渡らなければならないのだが)思ったほど困難ではなかったが、とても寒かった。割れるように頭が痛い。サマルカンドへの帰路、雪がふりはじめた。二一時三〇分、サマルカンドにつく。皆は食事にでかけたが、僕はすぐに寝た。」

帰路は別々で、グレッグはいつものようにバンコック経由だった。バンコックに行きつけの病院があって、そこで検診を受けた。

日記にも、「アイリーン先生に見てもらった。すべて大丈夫とのこと。太りすぎなので、あと四キロ減らすこと。八四キロを八〇キロに」と書いている。

先に東京に戻っていた私に電話で、「健康診断の結果はすべて異常なしだったよ」と嬉しげに伝えてきたのを、私は軽く受けとめていたが、彼の心の中は、それまで不安でいっぱいだったのだろう。

国際情勢は、アメリカがいまにもイラクに戦争を仕掛けるのではないか、というニュースが飛び交っていた。イラクに大量破壊兵器を探す国連査察団がはいり、テレビの報道は毎日この話題でもちきりだった。グレッグの影響を受けて、ニュースを疑いをもって見たり聞いたりするようになっていた私は、査察団の証拠探しになにか腑に落ちない思いがしたが、まさかアメリカがわざわざ戦争を仕掛けたりはしないだろうと、ナイーブにも思っていた。

グレッグは、ブッシュ政権の好戦的な政策に真っ向から反対で、外国人記者クラブでも「私の名前においては決して戦争をさせない（not in my name）」という、反戦の署名に参加していた。メディア――ことにアメリカの――はこのころ、アメリカのイラク侵攻に賛成するものが多く、ふだんは政権に批判的な『ニューヨーク・タイムズ』でさえ、戦争賛成の記事を書いたくらいだ（この時期のアメリカのメディアのあり方については、多くの考察を必要とする）。記者クラブのメンバーにも戦争賛成派が多く、グレッグはたいそう憤慨して帰ってくることが多くなった。

二〇〇三年の三月から四月にかけて、グレッグの体調は急速に悪化していくのだが、体力的にも気分的にも落ち込んでいるのはブッシュのせいだ、と彼は信じていた。

彼が亡くなって数週間後、読みかけだった本のページに走り書きのメモをみつけた。

「混乱して不安だ。少し酔ったのだろうか。夜遅いのか、朝早いのか、眠ろうとするが眠れない。『アトランティック』誌を読もうとする、が脇にやってしまう。『ニューヨーカー』誌を取り上げてみる。同じことだ。仰向けになって考える。どうしたというんだ。どっちにしても、僕はもうじき五十五歳。死が近づいている。Don't worry, be happy.（心配するな、元気でやろう）」

死が近づいているという彼の予感は、間違ってはいなかったのだ。

6　枯葉剤の実態をドキュメンタリー映画に

1　哀しみをのりこえるために

グレッグが急にいなくなってしまって、私は途方にくれた。一人で生きていく意味を見いだせなかった。これからの一人の人生が茫漠と目前に広がり、限りなく時間が続いていくように思えた。ただ、会社はまだ存在しているし、日々しなくてはならない事がある。どんなに空虚な気持ちでいても、朝起きて会社に行かなければならない、そのことが救いだった。会社にいてもふとしたことで涙がこみあげて、どうしようもない状態がしばらく続いた。が、そのころ会社の経営が逼迫していたことも、なにか絶望的な中でエネルギーを生み出す力になったのかもしれない。

経営していた写真エージェンシーの業績が悪化していったのは、企業の吸収合併が世界的に進んでいたのと、写真の送信方法がインターネットによって変わったことが、大きな理由だった。

九〇年代の半ばまでは、写真といえばスライド（ポジ）かプリントで、毎日のように大きな封筒がエアメールや国際宅配便で送られて来た。それを選別し、タイトルをつけ、カテゴリー別にわけ、コンピューターが普及する以前は図書館のカードのようなものに情報を記載し、雑誌社や出版社、広告代理店などに、営業担当がもっていって紹介していた。

それがデジタル・カメラの普及とともに画像のデジタル化がすすみ、写真がインターネットで送受信されはじめたのは、二〇〇〇年ころだった。写真業界のありさまは、あれよあれよという間に変わっていった。写真家たちにとって、デジタルに移行するか否かは大きな課題だった。グレッグも迷っていた。時々試験的にデジタル・カメラを使ってはいたものの、最後まで本格的な仕事はフィルムを使っていた。

そしてインターネットによる写真の売買がすすんだことにより、ＩＴに巨額の投資ができる大企業だけが生き残れるという図式が、だんだんできあがってきたのだ。契約していた主要な海外のエージェンシーが次々に、ビル・ゲイツや石油資本のゲティーなどに買収され、私たちの手を離れていってしまった。

とにもかくにも、会社を存続させるためにあの手この手を尽くして、なんとか収入を増やし、経費を減らす努力をしなければならなかった。

三十年にわたって営業してきたエージェンシーには、大量の写真が保管されていた。それは写真の図書館のようなもので、事務所スペースの大部分をしめていた。経費削減のためにはこれらの膨大な資料を整理し、もっと小さな、家賃の安いところに引っ越さなければならない。不要な写真は海外に返却したり、複写フィルムは廃棄したりする一方、新しい事務所を探すなど、切羽つまっていたとはいえ、自らをことさら忙しくしていた。水面に浮かんでいるためには、絶えず手足を動かし続けなければならない。止まったら沈んでしまう、というような気持ちだった。

経営的な困難はその後もつづいたが、後に述べるように、私には映画をつくるというもう一つの目的ができ、それにかけた情熱が、会社を経営しつづけるためのエネルギーを補給してもくれた。その後二〇〇六年には営業を大手の同業会社に譲渡し、何とか危機は乗り超えることができた。当時、もう、すべてをあきらめてしまいたい悲しみの中にありながら、一方では会社を続けなければならない立場にいたことは、日々の支えにもなった。

友人のアドバイス――その日その日を生きること、という言葉にすがりながら、時をやり過ごした。急に支えがなくなって、ふらふらしながら、糸の切れた凧のようだと思いながら。

そんな中で、何かをしなければという思いが、徐々にふくらんでいった。外人記者クラブで開かれたグレッグを偲ぶ会で、私はこのように述べたことを、今もよく覚えている。

「人が死ぬ時、その人は何か違うかたちで生きはじめるのだと思う。」

私は、何かのかたちでグレッグに生き続けてほしかった。

身近に家族も親しい友人も少なかった私にとって、高校時代に留学していたころのホスト・ファミリーであるアンドリュース一家は、大きな心の支えになってくれた。四十年以上にわたって本当の家族のように連絡をとりあい、たびたび遊びにも行っていた。アメリカのメーン州は、ニューイングランド地方の北端にあって、入り組んだ美しい海岸線や森と湖などで知られる。アメリカン・フィールド・サービス（AFS）という交換留学生の制度は、学生をできるだけ出身地と似た環境――地理的にも、家族構成からも――に送るのを旨としていた。私は長野という田舎の高校生だったので、ロスアンゼルスやニューヨークの都会の高校に行ってとまどわないように、配慮してくれたのだ。私が留学したキャムデンは人口三〇〇〇人の小さな町で、私は二人目の留学生、そして初めての女子学生で、アジア人ということもあって町中で歓迎してくれた。

アメリカを嫌って、三十歳を過ぎるまで母国に帰ろうとしなかったグレッグも、この町は気にいっていて、湖畔のキャンプで幾夏かを過ごした思い出の地でもある。

グレッグが亡くなって二カ月後、私は遺灰を町はずれの湖に撒きにいった。フィリップもニューヨークから来てくれた。

2　映画作りを学ぶ

私の気持ちの中に小さな種のようにあった、枯葉剤についてのドキュメンタリー映画を作ろうという思いを、フィリップにおそるおそる話すと、彼はいま枯葉剤の写真集を作っているという。グレッグから、フィリップが新しい写真集に取り組んでいるという話を聞いてはいたものの、それが枯葉剤についてだとは、この時まで知らなかった。フィリップは持ってきていた編集中の原稿を見せてくれた。写真の一部は、グレッグと一緒に取材したものもあり、見覚えがあった。テキストは枯葉剤散布の歴史から、現在のベトナムの状況にいたるまで、綿密なリサーチをして書かれていて、漠然としか知らなかった枯葉剤について目を開かれた。

フィリップは世界的に有名なフォト・ジャーナリストだ。そんな彼に、いままでジャーナリスティックな仕事をしたこともない私が、ドキュメンタリーを作りたいなどと言うのは気が引けた。キャムデンの隣り町のロックポートには、フォトグラフィー・ワークショップで知られる学校がある。学校近くのコーヒショップで、たまたまフィリップの知りあいの写真評論家に会った。いろいろ雑談する中で、ここにはドキュメンタリー映画のワークショップもあるということを知った。そのコースのカタログを持って帰ったのが、それから数年間の私の人生を変えることになった。

夫を失った後のうつろな気持ちを何とかしたかった。そのためには、何か新しいことに挑戦しなければならない。日本に帰って写真通信社の仕事を続けながら、何かそれまでとは違うものを求めていた。

いくつかの選択肢に直面した時、私はいつも、よりアクティブな道を選ぶ。昔からそうだった。思い切って休暇をとり、二週間の「ニュー・デジタル・ジャーナリスト（New Digital Journalist）」というコースに申し込んだ。経験がなくても大丈夫であることを確認したうえでのことだ。

初めての授業は二〇〇三年十月。本格的なビデオカメラに触ったこともなかった私は、授業に何を期待したらよいのかさえわからなかったが、何か新しいことが始まる予感がしていた。

クラスのインストラクターはビル・メガロス。小柄な、何かぴりっとしたものを感じさせる、眼の輝いた五十歳くらいの人だ。生徒は十数人、三十代後半から四十代くらいの女性が多い。ビルはまず皆に、このクラスに何を求めて来たのかを順番に聞く。人生半ばで疑問を持ったりつまずいたりして、新たなキャリアを求めて来た人たちが多い。私の番になって、夫を亡くしたこと、その原因が枯葉剤だと思うこと、それについてドキュメンタリーを作りたいと思っていることなどを語ったが、その間、ビルが本当に真剣に耳を傾けてくれていたのが印象に残った。彼のあの時の真摯なまなざしが、私がこの道に進むのを助けてくれたのだと思う。

クラスのメンバーにはプロに近い人もいたが、ほとんどが、私と同じく初心者だった。初日は教室で、簡便なプロ仕様のビデオカメラ、キヤノンXLSの基本的な機能と使い方を教えられ、午後には早くも近くの港に、それぞれカメラをもって撮影にいった。風にそよぐ花を撮る人、いろいろな看板を撮る人、港に停泊中のヨットを撮る人など、さまざまだった。それを教室に持ち帰って批評するのだが、まあ、みんなへたなホームビデオとかわらない。

次のプロジェクトは、一台のカメラで各自ワンシーンをとって、短い映画にするというもの。私は様子がわからず（英語には慣れていたというものの、皆がネイティブ・スピーカーの中で早口の英語についていくのはなかなか大変で、チンプンカンプンなこともいまだによくある）、なんとか人の真似をして駐車場から人が出て行くシーンの一部を撮った。全体のシーンは十分くらいで、生徒の一人が役者となって車から出て、駐車場を横切り、道でころぶが危ういところで事故をのがれる、といった単純な筋書きだった。が、これを教室に持ち帰り、「ファイナル・カット・プロ」という映画編集用のソフトを使って、ビルが数分の映画に仕立て上げた時は本当にびっくりした。

映画の撮影というと、大きな缶入りフィルムのついたカメラを何人もかかって回すというイメージがあったのだが、私たちの使ったカメラは、小柄な私でも簡単に持ち運びできるデジタル・カメラで、フィルムはミニDVというマッチ箱くらいのテープだった。

撮ってきたフィルムを再生し、何分何秒から何分何秒まではこういうシーンなどとメモし、それをコンピューターに入力して、画像と音声を取り込む。そして取り込んだものを、タイムラインと呼ぶ時間表のようなものに並べてストーリーを組み立てるのだ。言ってみれば時間の流れを二次元化し、コンピューターの画面上で新しい世界を作るのだ。

映像編集用ソフト「ファイナル・カット」の説明ときたら、なんのことを話しているのか最初のうちはほとんどわからず、四苦八苦したが、慣れるにしたがって、まるで魔法のようなこのソフトウェアの虜になる。

モデルになった男の子もハンサムだったし、駐車場の場面もハリウッド映画のようで、「なんだ、映画ってこんなに簡単にできちゃうんだ」と感心した。感心はしたものの、いざ自分でカメラを扱うとなると、露出だとか、アイリス（レンズの絞り）だとか、被写体深度だとか、ずっと写真の世界に関わってきたのに、全然知らないことばかりで怖じ気づく。説明が全部英語なのもつらい。

授業は毎朝九時に始まり、ほとんど深夜まで続くが、学ぶことがたくさんあって、時間はあっという間にすぎていく。生徒はみな、大切な蓄えを投資して学校にきているので、熱心だ。

基本的なことを一応覚えたら、それぞれ題材をみつけに町に出て行く。これは、もう三日目か四日目のことだ。私は、高校時代のホスト・シスター、ジェニファーが趣味でしている織物の撮影をすることにした。彼女は、グレッグの散灰をした湖のほとりのキャビンにすんでいる。撮影にはビルも来てくれて、いろいろ助言してくれる。

まず、湖畔のキャビンの遠景、カッタン、カッタンという耳慣れない音が聞こえてくる。カメラは音のする方へ近づく。小屋の中で女性が機《はた》を織っている。これで、音のミステリーが解決する。機を織る手や、シャトル（杼《ひ》）のクローズアップ、ペダルを踏む素足、などなど、アングルをかえて撮影するコツを学ぶ。

教室に帰って、ジェニファーのインタビューといくつかのシーンをあわせ、三分間のクリップができあがった時は、我ながら驚いた。湖に日が沈むシーンをタイトルバックに、キース・ジャレットのピアノ曲を盗用して作ったこの第一作は、今も気に入っている。

次の週は、ほとんど一人でもう少し長いものに挑戦することになる。この小さな、何も起こらない町では、題材をさがすのが大変だ。みな、苦労している。週末には狭い町を行ったり来たりして、何かおもしろい話はないかと探訪する。

私はゴミ捨て場を取材することにした。最初はどんなものが撮れるか半信半疑だったが、行ってみると、なかなかフォトジェニックだ。広いゴミ処理場に、冷蔵庫、ベッド、ソファなど、消費社会の残骸が山と積まれ、次々と新しいゴミが運び込まれる。一方、リサイクルもきちんとなされていて、プラスチック容器類や紙製品などは、できるだけ無駄が出ないよう工夫されている。中でも圧巻なのは、町の人たちが不要物を持ち寄り、必要な物を無料で持っていくスワップ・ミート（物々交換とでも言おうか、ただし、何も持って来なくても、持って帰っていいのだ）。知らない人に声をかけ、撮影したり話を聞いたりするのは勇気がいるが、思い切って話しかけると、ほとんどみな好意的に対応してくれるものだ。

ある人が持ち帰ったスニーカーの中から、ダイアモンドがみつかった話（！）や、古いレコードのコレクターの話など、ほんの三十分ほどで世界がひろがった。この第二作目のタイトルは「ゴミ捨て場の一日（a day at a dump）」。消費社会を少し皮肉ったつもりだ。

何も起こらないように見える静かな町も、ほんのすこし表面の皮を剝いでみれば、いろいろな題材があるものだ。

というわけで、二週間後には、映画（のようなもの）が作れるようになっていた。毎晩、十二時、あるいは一時、二時まで学校にいたが、とても充実していた。

このコースが終わって東京に帰り、また元通りの仕事に帰ったのだが、仕事をしながらも、いつか枯葉剤の映画を作ろうという思いは持ち続けていた。

3　枯葉剤の調査

フィリップが準備している写真集の原稿で、枯葉剤についての知識をいくらかは得たが、それ以上の情報をどこでどうやって手に入れればいいのか、見当もつかなかった。電話でフィリップが与えてくれたヒントは、「一番知られているのは"Withering Rain"（『萎れさせる雨』）という本かな」という一言。まず、アマゾン・コムでその古本をみつける。一週間後にとどいた本は一九七一年発行で、表紙も破れ、かなり読まれたあとがある。副題は America's Herbicide Folly（『アメリカの除草剤をめぐる狂気』）。裏ページには「トリントン図書館（Torrington Library）」というスタンプの押された、昔ならここに貸し出し記録のカードを入れた袋が貼ってある。ところどころにオレンジやグリーンの蛍光ペンでマークされていて、今までにどういう人が読んだのだろうと思いをめぐらせた。きっと、何人かの帰還兵も読んだのだろう。

著者のトーマス・ホワイトサイド氏は、早くからベトナムにおける米軍の枯葉剤散布に疑問をもっていたが、一九六九年に『ロンドン・サンデー・タイムズ』で読んだ、メリーランド州ベセスダにあるバイオネティックス研究所（Bionetics Research Laboratories）が発表した、枯葉剤に含まれる2、4、5-Tが動物実験で催奇性があることが確認されたという記事で、危機感をつのらせた。彼は科学者、政府および軍の関係者らに連絡をとり、事実を確認しようとしたが、多くの障害に直面する。多くの政治家、科学者は彼らなりの利害関係をもち、調査に協力してくれる人は少なかった。彼はベトナムへ行って実態を調べることも考えたが、この時点で本当に必要なことは、政府と化学薬品産業がいかにして、このような作戦を始めることになり、しかもここまで大規模なものにふくれあがらせたかを知ることだと考えた。彼は、これほど危険な化学物質の使用が安全性のテストもなく、なぜここまで蔓延したのかを調査し、その結果を雑誌『ニューヨーカー』の一九七〇年二月七日号に掲載したのである。

ホワイトサイド氏は、この記事がテレビや新聞に大きく取り上げられ、事態を変えることになるだろうと予想していたが、期待に反し、メジャーなメディアの反応は皆無だった。中でも『ニューヨーク・タイムズ』は、自社の記者が発掘した記事以外は、よほどの事情がない限り取り上げない方針だと聞き、彼はメディアのあり方に大いに疑問を持つ。

ともあれ、この記事は徐々に一般の関心を集め、最終的には一九七一年の、ニクソン大統領によるベトナムへの枯葉剤散布の終息に繋がる。

本の裏表紙には、以下の評が記されている。

「レイチェル・カーソンが（『沈黙の春』で）したように、トーマス・ホワイトサイドは、化学薬品産業と、それと結託した政府の面々が築いた「情報を遮断する壁」を壊した。そして、これもレイチェル・カーソンがしたように、一般市民に大切な科学的な情報を与えることによって「体制側の科学者たちの砦」を侵した。彼は国防省や農務省の役人たちが、災いの解決策ではなく、元凶そのものであることを示した。」（フランク・グラハム・ジュニア――『沈黙の春以後』の著者）

この書物はまさに、フィリップが指摘したように、枯葉剤関連書物の「古典」であり、今読み返してみても、一九七〇年に指摘された諸問題が、いかに解決されないまま今日に至っているかを思い知らされる。

アマゾン・コムはそれほどよく使っていたわけではないが、これで本を探すのに役立つことがわかり、エージェント・オレンジのキーワードで出てきた書籍を、ほとんどかたっぱしから注文した。（ベトナムで散布された枯葉剤には他にエージェント・ピンク、パープル、グリーンなどがあるが、いちばん多く使われたのはエージェント・オレンジで、他と識別するためドラム缶に塗られた帯の色からこう呼ばれた。エージェント・オレンジは、人類が作り出した化学剤で最も毒性の強いダイオキシンであるＴＣＤＤを含んでいた。）

一人の生活で、夜は長い。これらの本に挑戦することは、知識が得られると同時に淋しさをまぎらすことにもなった。

入手した本は、米国政府発行の調査報告、一九八〇年代の帰還兵たちが化学薬品会社を相手取って起こした訴訟の詳細、化学者によるダイオキシンの研究、オーストラリア帰還兵の回顧録、『兵士は人体実験に使われた』（*GI Guinea Pigs*）などなど、読みにくい専門書から一気によめる実話まで、さまざまだった。分厚い政府の調査報告にはうんざりしながら、やはり読まなければと挑戦したものの挫折し、経験談には誇張や偏見を感じて少しとまどったりしながら、数カ月で十冊ほど読んだだろうか。

なかでも読みがいがあって、いまも印象に残っているのが、帰還兵の訴訟問題を扱った『枯葉剤訴訟——法廷における大量毒物災害』(*Agent Orange on Trial : mass toxic disasters in the courts*)だった。これは六年間にわたる帰還兵、弁護士、判事たちの訴訟を巡るドキュメントで、関わった人々の衝突、権力争い、強欲、幻滅などが、ドラマチックに描写されている。この訴訟は一九八五年、判決が出る予定の前日、法廷外で一億八〇〇〇万ドルの和解金で決着し、化学薬品会社、米政府の責任は追及されることがなかった。

暗中模索でこれらの本を読んでいるうちに、エージェント・オレンジについての知識が少しずつ具わってきた。

本当にグレッグは枯葉剤のせいで死んだのだろうか、という疑問はずっと持ちつづけていた。二〇〇四年の時点でアメリカ政府が枯葉剤のせいと認めている病気の、長いリストがある。その中には何種類ものがんが含まれているが、肝臓がんははいっていない。が、ベトナムでは枯葉剤の影響がもっとも露わながんとして、肝臓がんが挙げられている、とフィリップは言う。

いろいろな症例を読んでいる中で、枯葉剤の影響とされる症状の中に「鼻茸《はなたけ》」という病名をみつけて驚いた。二〇〇一年ころ、グレッグがこの病名と診断されて手術を受けていたからである。ああ、やはり枯葉剤のせいだったのだとほぼ確信を持ったのは、この時だった。

関連の本を読みあさると同時に、インターネットでもいろいろな情報を探してみた。「エージェント・オレンジ」のキーワードで出てくるサイトはいくつかあったが、あるものは軍隊を懐古するようなものだったり、情報がなんとなく信頼できないようなものだったり、政府の情報で、あまりに官僚的だったりで、取りつくしまもなかった。

その中で、「平和を願う帰還兵」(Veterans for Peace)というグループをみつけ、いくつかの支部にメールを出したのだが、どこからも返事がなかった。

今思い返してみると、これらの本はすべてアメリカやオーストラリアの兵士たちの被害を伝えるもので、ベトナムの被害について言及したものは少なかった。私の最初の動機は、グレッグが枯葉剤が原因で死んだのなら、ほかにも多くの帰還兵が同じような目にあっているはずだ、それを探してみようというものだった。後に、アメリカ兵のことはかなり語られている、いま語られなければならないのはベトナムの被害者だ、と言って私の目を開かせてくれたのは、フィリップだった。

グレッグが亡くなって、そろそろ一年になろうとしていた。やっと一年たったのか、まだ一年なのか、悲しみはなかなか薄れない。体の一部がなくなってしまったような、心もとない気持ちはそのままだ。

でも、なんとか前向きに生きていこう、なんとかグレッグの意志をひきついでいこうと、なすべきことを模索していたのだと思う。彼が生前よく通い、友人もたくさんいた外国特派員協会で、一周忌の追悼会を開いた。

フィリップ、そしてマルクスも日本に来てくれるというので、グレッグを偲んで、枯葉剤、ジャーナリズム、フォト・ジャーナリズムを題材に、昼食会を兼ねたパネル・ディスカッションを企画した。写真誌『デイズ・ジャパン』の編集長、広河隆一さんもゲストとして参加してくださり、ご自身の作品を紹介しながら、フォト・ジャーナリズムについて話してくださった。一〇〇人くらいの友人が集まってくれた。グレッグの思い出が友人たちの中に生きていることによって、彼もまた生き続けるのだと思いたかったのだ。

このときのフィリップの、枯葉剤についての説明は大変わかりやすく、説得力のあるものだった。彼の写真集『エージェント・オレンジ』は出版されたばかりで、世界の写真出版界では話題になっていた。

7　ベトナム取材の衝撃

1　被害者たちに会う

フィリップをさそってベトナムへと旅立ったのは、このあと間もなく、二〇〇四年七月だった。私にとっては十五年ぶりのベトナムだ。十五年間で、なんという変わりようだろう。一九八八年に来た時には、電気も車もほとんどなく、タイムスリップしたように感じられたものだが、空港は近代的になり、車、ことにオートバイが街に溢れている。(でも私には、あのころの暗い街が懐かしい。)

私たちは、ハノイの中心部にあるホアンキエム湖畔のホー・グオム・ホテルに投宿した。欧米や日本の資本によって豪華なホテルが次々と建設される中で、少し古びた小さなこのホテルは、一泊三〇ドルと値段も手ごろだ。

メーン州のワークショップで、いちおうビデオ撮影の手ほどきを受けたとはいうものの、実際に現地で撮影するのは初めてだ。路上マーケットの、朝の賑わいを撮りにいく。色とりどりの花、果物、野菜など、おしゃべりに興じながら売り買いする人々の群れにすっかり魅了され、あれもこれも撮りたいのだが、どこに焦点を当てたらいいのかわからない。露出やフォーカスなど、すべての設定をチェックするのは大変だ。どこかボタンを押し忘れていたり、セッティングを間違えていたりということが、しょっちゅうだった。そして迷っているうちに、撮りたかったものは瞬時にして消え失せてしまう。

グレッグがいつか言っていた「よく観察していれば、人々の次の行動は予測できるもの」という言葉を反芻する。

それでも、つぎからつぎへと展開するものめずらしい光景を撮影するのに、私は興奮した。日の出前から起きて、フィリップと一緒に町の様子を撮影にいった。フィリップはかつて映画の撮影もしていたことがあるので、ビデオの撮影についてもいろいろ手ほどきをしてくれる。ハノイの町を散策しながら、彼から多くを学んだ。戦争博物館などめぼしいところでは、ベトナム戦争の歴史、彼が実際に見たり経験したりした貴重な話などを、話術巧みに話してくれ、いくつかの会話はビデオにも収めた。

フィリップがぜひ見るべきだと連れていってくれた戦争博物館では、ベトナムの侵略された歴史、一九五四年のディエンビエンフーでの対フランス軍勝利、アメリカ軍とのケサンの戦い、それに続くテト攻勢での勝利などが、フィルムと模型で誇らしく語られ、観客は熱心に見入っている。中庭に展示されている追撃された米軍機のまわりを回りながら、戦後生まれであろう若い父親が、四、五歳くらいの息子に何か指差しながら説明している。戦争はもう過去のものになったのだろうか。

こうして私は、ベトナムの空気に少しずつなじんでいく。

グレッグとフィリップは、一九八〇年代後半から九〇年代にかけてのベトナムに、もっとも精通していたジャーナリストたちだといえるだろう。ふたりは東南アジア各地の取材旅行を、たびたび共にしていた。グレッグに『タイム』誌から潤沢な経費が出た時などは、運転手、通訳を共有し、お互いに見聞きすることをとことん話し合ったという。

今回はフィリップも私も、それぞれの仕方で、グレッグを偲びながらの旅だ。

フィリップは戦中戦後を通じて、一貫してアメリカの対ベトナム政策に反対してきたので、ベトナム政府からの信頼は厚い。そんな事情もあり、外務省のプレスセンターの人たちは大変協力的だった。

月曜日からさっそく取材にとりかかる。私は枯葉剤の被害者の状況をほとんど知らず、実態を見るためには、広く被害者を探し歩かなければならないと思っていた。その後案内された施設、学校、家庭で、次々と被害者や家族に出会った私は圧倒された。


二〇〇四年七月十九日。

ハノイではまず、「平和村」に案内された。ディレクターを待つあいだ通された部屋には、黒字にオレンジ色の「ダイオキシンは人殺し」(Dioxin Kills) という旗が掲げられ、外から入る風にそよいでいる。鉄柵の窓の向こうから、かわいい少年がのぞいている。どこを見るでもなく、頭をふり続けている。そのかわいさと、異様な行動に、レンズを向ける。初めて会った、枯葉剤の被害者と思われる子だ。

休み時間に庭に遊びに出て来た子供たちはみな、程度に差はあるものの、枯葉剤が原因と思われる障害をもっていた。枯葉剤の影響がもっとも顕著にあらわれる症状の一つ、二分脊椎症（先天的な脊椎骨の形成不全による神経管閉鎖障害）らしい男の子が、押し車のようなものに結わえられ遊園地に来る。少し年上の、知能が遅れているように見える女の子が、彼につききりで、なでたり、キスしたり、かわいくて仕方ないようだ。

十五歳になるというガさんは皮膚に黒点がある。少し前まで日本に治療にいっていたそうだ。友だちと楽しそうに縄跳びをしているところを撮影したが、撮影されるのは嬉しくなさそうだった。フィリップが、日本での生活のことなどをいろいろ聞くが、返事は言葉少なだ。

後日、私が一人で訪問した時は、質問に答えて、先生になりたいと言っていた。が、この施設の先生は、とても難しいだろうという。皮膚に黒点ができるのは、枯葉剤の影響の一つの現われのようで、フィリップの知っているもう一人の女の子も同じような症状だったが、米帰還兵の助けで渡米し、治療に成功したという。

エージェント・オレンジの被害者の子供たちに会うのはさぞかし悲しく、気の滅入ることだろうと覚悟していたが、いざ近くで触れてみると、普通でない外観――それぞれ程度の差はあるが――にもかかわらず、人なつこく、かわいらしい。ただ子供のうちはまだしも、大人になれば、それぞれ大変な途が待ちかまえているだろう。

他にも、言葉では表現しがたいケースがいろいろある。うまくビデオで表現できるといいのだが、いまのところあまり自信はない。

運転手のフンさんが、二〇〇〇年にグレッグがハロン湾に行った時、同行したという。東京ではスズキに乗っていると言っていたね、などなにげない思い出話を聞くと、ああ、ここにも一人グレッグを覚えていてくれた人がいる、と嬉しくなる。

七月二十日。

早朝、ホテルを発ち、ハノイの一〇〇キロほど南、タンビンに向かう。朝からの雨が、途中でかなり激しくなる。二時間半ほどでタンビンの人民委員会の建物に着き、渉外課の女性二人を乗せ、続いてどこかで男性一人、省の「子供と人民」課の女医をピックアップし、ついには八人のグループとなってヴ・トゥ地区に向かう。ここは、北ベトナムでは、枯葉剤の影響を受けていると思われる子供たちがもっとも多く、三〇〇〇人もいるという。その理由は、このあたりはベトナム有数の穀倉地帯だからだ。豊かな農作物ゆえに昔から裕福な地域で、健康な人たちが多く、屈強な若者が戦争中、南ベトナムに送られた。彼らは枯葉剤を浴びて帰って来た。

私たちが訪れた七月は、ちょうど田植えの時季で、あちこちの田んぼで、のどかで楽しそうな田植え風景が繰り広げられていた。緑と水が豊かな牧歌的な村々は、一見平和そうに見える。だが、家の中に一歩踏み込むと、さまざまな悲劇がある。

最初に訪れたのはグエン・コン・スーさんの家。彼は南ベトナムに派兵されていた。

南にいる間に枯葉剤を浴び、北に戻ってから生まれた子供の一人、十八歳になるトアン君は、生まれた時から寝たままだ。トアン君はとてもハンサムなのだが、老人のように見える。彼の唯一の楽しみは、庭に出てあたりを見回すこと。車椅子さえあれば、もっと楽に外に出してやれるのだが、と父親は言う。車椅子は一台、五〇ドルする。この家族にとっては手の届かない額なのだ。

「この子は抱き上げると、私の首にしがみついてくるの。」

と話しながら、母親は涙する。

「一番心配なのは、私たちが死んだあとのことです。一体誰が、この子の面倒をみるのでしょう。この子のために長生きしたいと思います。」

彼女はあまり多くは語らないが、子供に対する愛情がにじみ出ているのに打たれた。

車椅子の五〇ドルを置いていこうかとも思ったが、人民委員会の人たちもいたし、なぜか言い出しにくく、わずかなお礼をおいて去った。あの時どうしてそうしなかったのか、いまだに後悔している。

近所の家に、もう一人の犠牲者がいる。チャン・カン・リンという四歳の女の子だ。

彼女のおじいさん、私やグレッグと同年代で当時五十五歳くらいのタン・ニョック・ニャトさんは、ホー・チ・ミン・ルートを通って、カンボジア国境に近いタイニンに行った。枯葉剤を何度も浴びたという。帰りもずっと徒歩で、三カ月かかって帰って来た。

リンちゃんの母親は、障害児である子供を見捨てて逃げてしまった。近所にすむ大叔母さんが面倒をみている。リンちゃんの命は長くても十歳までだろうといわれている。ニャトさんは、枯葉剤の被害を訴えるため、アメリカ政府宛てに手紙を書いた。そのコピーはいまも大事にとってある。が、なんの返事もない。

この地区を担当しているトゥイ医師によると、枯葉剤の被害者数は減少しているという。大きな理由は、彼らは死んでいくからだ。妊婦は超音波テストを受け、胎児に早期に異常が発見されれば中絶する。が、なぜか障害児の発生率は減ってはいない。障害児が生まれたという情報が入ると、まずやることは父親あるいは祖父が、南で戦ったかどうかを確認することだという。

帰り道、田植え風景があまりにカラフルでのどかなので、撮影のために停まる。私があわてて車から飛び出して撮影を始めると、フィリップが、「待て、必ず三脚をつかうこと。すこし時間がかかって面倒でも」と、まず撮影のレッスン・ワン。このときフィリップが自ら撮ったショットはさすが。後に映画の導入部の一部となる。

七月二十一日。

ハイフォンに住むグエン・ヴァン・クイさんも、やはり南ベトナムで戦った。一九七二年から七五年まで、通信機器専門の技師として、彼はホー・チ・ミン・ルート沿いで任務に従事していた。ホー・チ・ミン・ルートとは、北ベトナムからラオス、カンボジアを通って南ベトナムにいたる陸上補給ルートで、複雑に山岳地帯やジャングルを縫っていた。北からの物資や兵の補強を遮るため、このルート沿いでは特に大量の枯葉剤が撒かれた。

クイさんが到着したころは散布はやめられていたが、枯れ果てた森は枯葉剤散布のせいだと説明された。彼は土地の野菜、野生の植物を食し、川の水を飲んだのだ。当時から頭痛と疲労感に悩まされ、ときどき皮膚のかゆみやかぶれを経験したという。

戦後、北ベトナムに戻ったクイさんは、一九八三年に結婚した。すぐにできた子供は死産で、胎児は奇形児だったという。この出産が原因で、二人は離婚した。一九八六年にはヴ・ティ・ローンさんと再婚。二人の間には八八年に男の子のチュン、次の年には女の子のガが生まれるが、ふたりとも重度の障害児で、自立した生活ができない。

クイさん自身も二〇〇三年の秋に体調を崩し、私たちが会った二〇〇四年には胃がんと肺がんを宣告され、肝臓にも障害が出ていた。弱りつつある体で、どんどん成長する子供たちの面倒をみるのは大変だと話す。奥さんは花火工場に働きに出ているという。インタビューに答える間も、体の動きが自由にならない二人の子供たちは父親につききりで、その面倒を常にみていなければならない。子供たちは成長して大きく重くなり、体力的に面倒をみきれない。かといって施設には預けたくない、自分で面倒をみたい。病身のクイさんが、知能の遅れた、体は大きな二人の子供を両脇において質問に答える姿には、大きなあきらめのようなものがある。

今、一番必要なのはお金だという。

クイさんは、二〇〇四年にベトナム枯葉剤被害者の会が、米国の化学薬品会社を相手取って起こした訴訟の、原告三人のうちの一人である。「私は自分のためでなく、三〇〇万人のベトナム枯葉剤被害者のために、最後まで闘う」と、強い意志を見せる。

北ベトナムの被害者はみな、父親が南ベトナムで戦い、その間に枯葉剤を浴びたか、枯葉剤を散布された地域にいたという経歴を持つ。

枯葉剤に含まれていたダイオキシンが、本当に障害児が生まれる原因なのかどうかは、科学的に確定的に証明されてはいない。だが、枯葉剤の危険性を一九六〇年代後半に指摘した、ハーバード・メディカル・スクールのジョン・コンスタブル博士はいう。

「ダイオキシンが異常出産の原因だという証明はできるのか？　動物実験では、ダイオキシンの毒性による異常出産が確認されているが、人による実験でそれを確認することはできない。ただ、北ベトナムで四〇〇〇人の女性を対象にして行なった調査で、トン・タット・トゥン博士は、ダイオキシンに汚染されていない女性（北ベトナムの女性は枯葉剤を浴びなかった）が、南ベトナムで従軍していた男性と結婚した場合、障害児が産まれる可能性はより多くなることを示している。」（ジャネット・ガードナー監督、映画『戦争の最後の幽霊』より）

クイさんのケースは、この事例をはっきりと示す。

（のちの二〇〇八年二月、三年半ぶりに訪れたハノイのフレンドシップ・ビレッジで、十三人の元兵士たちにインタビューした。みな戦争中は南に派兵されていた、五十代から六十代の人たちだ。十三人のうち、二人は子供がなく、残りの十一人のうち七人は障害児――ある場合には複数の――を抱えている。）

2　元アメリカ兵の建てた施設

七月二十二日。

ハノイ郊外にあるフレンドシップ・ビレッジを訪れる。この施設は元米兵のジョージ・マイゾーさんの努力によって一九九二年に建てられた。マイゾーさんは一九六八年のテト攻勢の際、属していた部隊のただ一人の生き残りとなり、戦争の欺瞞と非道徳性に気づくことになった。米国に帰還したのち反戦活動家となり、ベトナム戦争の残した傷跡を修復し、ベトナム－アメリカの関係改善を願ってアメリカ各地で募金運動を行ない、一九九〇年にベトナム政府に平和記念塔の建立を申し出る。だが、ベトナム政府の「私たちが本当に必要としているのは、食べ物と薬品なのです」という返事で、記念塔のかわりにフレンドシップ・ビレッジが生まれることになった。マイゾーさんは二〇〇二年に、枯葉剤が原因と思われる病気で亡くなっている。五十六歳だった。

ビレッジは現在、アメリカ、ベトナム、ドイツ、日本などの有志団体からの寄付によって運営されている。ここにはベトナム各地から来た、枯葉剤の影響と思われる障害を持つ子供や、もと兵士たちが住んでいる。子供たちの症状は、軽いものから重症のものまでさまざまだが、親が貧しかったり、症状が重く家で面倒をみきれなかったりといった事情で、ここに預けられている。

芝生に囲まれた瀟洒な西洋風の建物は、中にこのような悲劇を秘めているとは思えないほど、明るく気持ちがいい。外では症状の軽い子供たちが、草刈りや農業に従事している。屋内では、造花や刺繡、裁縫の教室があり、みな一生懸命、作業に励んでいる。

一方、ある棟では、片隅で知能障害のある二十三歳になる女性が、廊下で悲しそうに泣き叫び続け、壁際の椅子の上では幼い盲目の女の子が、手を振り首を振るという動作を休みなく続けている。車椅子に乗ったある少年は、カメラを向けると目を伏せ、とても悲しい表情をする。言葉は話せないが、保母さんによると、こんな状態の自分を撮ってほしくないのだという。重い障害を持つ多くの子供たちを目の前にし、撮影することを優先していた自分を恥じる。

子供たちは、通常は二十歳になると家族のもとに返され、家族が国の援助を受けて面倒をみるのだという。例外的に、二十三歳になるのにフレンドシップ・ビレッジに滞在していた女性のケースは、いかにも悲しい。建物中に響き渡る悲愴な泣き声が、いつまでも続く。この世に生まれてきたことを嘆くように、私には聞こえた。

元米兵スエル・ジョーンズさんは一九九八年に、戦後のベトナムを再訪し、その後十年近く、フレンドシップ・ビレッジの運営に関わってきた。

「ベトナムに着いたのは一九六八年の五月。翌年の六月までいた。第三海兵隊に所属し、ほとんどを南北の休戦ライン近くで過ごした。不運にも、戦闘の一番激しいときにやって来て、ずっと野営の生活だった。所属したのは歩兵部隊だったので、いつも基地から離れて行動していた。

休戦ラインやホー・チ・ミン・ルートが通るアシャウ川流域には、大量に枯葉剤が散布された。国道9号線沿いもそうだ。飛行機も見たし、何度も散布を受けた。蚊の駆除のためだと言われた。そう言った人間も、上から言われただけだろう。知らなかったんだ。

帰国してからは、結婚したがうまくいかず、その後アラスカで独り、小屋に暮らした。人里離れたところだ。最短の町まで五五マイルある。ある日私は、自分の人生がいかに孤独かを思い、自分が鬱病だと気づいた。五十二歳か三歳のときだ。このままではいけないと思い立ち、シアトルでセラピーを受けた。心身ともに回復してから、やっとベトナムに戻ってみる気持ちになれた。

戦争中はベトナムを見ずに過ごした。見たのは密林の中の道だけだった。ベトナム人も遠くから見かけただけで、口をきいたことさえない。ここで戦ったのに、何もこの国を知らなかった。人々と話したこともない。それで再訪して、この国を知ろうと考えた。」

戻ってみてどうでした、と私が訊くと、

「ベトナムに来る元米兵は、誰しも、どう受け入れられるのか恐れている。米国がベトナムにしたことには罪悪感がある。どう迎えられるか分からず、とても心配だった。でも行かねばと思ったんだ。

初めて訪れるサイゴン、今のホー・チ・ミン市だ。ホテルに着いて、自分に言い聞かせた。

〝ここはベトナムだ。ホテルに閉じこもらず、街を見て回ろう。〟

気持ちを奮い起こして外に出た。

まさにその最初の日、自分より少し若そうな男が近づいてきて、〝年齢は〟とか〝独身か〟とか話しかけてきた。

ベトナムは初めてかと聞かれ、〝一九六八年、海兵隊で来ていた〟と答えた。

彼は言った。〝それじゃ、敵だったじゃないか。〟

気落ちして恐る恐る〝そうだったよ〟と答えた。

すると、〝ようこそ〟と抱きしめてくれたんだ。」

そして彼は、こう続けた。

「今の私は健康だが、体の中で何が起こっているかは分からない。でも猛烈に腹が立った。七〇年代、帰還兵の間に手足のない子供が生まれていたのに、政府は責任を認めないんだ。

戦後に生まれた第三世代になっても、まったく彼らには援助がない。金のないベトナム、責任を認めない米国……、戦争はいつまでも終わらない。まだまだ続いている。だから戦争は始めてはいけないのだ。

フレンドシップ・ビレッジには、重度の精神障害の子供もいる。自分で体を清潔にし、食事や着替えができるようになれば、少しは母親たちの助けになる。できることはわずかだ。少しでもここを経済的に自立させるのが目標だ。」

スエルさんたちは有機農業の野菜作りをはじめた。ここの子供たちはみな、化学剤の被害者だ。農薬は使いたくない。ゆくゆくは近郊の人々に野菜を売って、ビレッジ経営の一助にしたいと考えている。

二〇〇四年の暮れに、私は再びベトナムを訪れた。スエルさんに会ったとき、施設にいる子供たちに話が及んだ。時々とても優秀な子がいて、大学に行って勉強できるようになることもある。そういえば最近、卒業生同士が結婚したという話を聞いた。ハノイから車で数時間の、ナムディンという町の近くに住んでいるらしい。行ってみようかということになり、同行した。

チョン・バン・ホア（二十三歳）は脚が悪い。父親は南ベトナムに派兵されていた。グエン・ティン・ニャオ（二十二歳）は聾唖者だ。彼女の父親も南ベトナムで戦い、すでに亡くなっている。二人はフレンドシップ・ビレッジで出会った。食堂で初めて出会った日に、ホアさんはニャオさんを見初め、ビレッジを卒業して結婚した。二〇〇四年に二人の間に子供が生まれた。とても元気なかわいい子だ。何の障害もなく健康だ。妊娠がわかった時、ニャオさんはふつうの子が産まれるのかどうか、とても心配だったという。二人はビレッジで造花の作り方を習った。今は家族にも作り方を教え、村で造花店を営み、生活の足しにしている。

スエルさんはいう。「これは一つの成功例だ。たった一例にすぎないけれど。」

前述のように北ベトナムは枯葉剤の散布を受けていない。にもかかわらず、枯葉剤の被害者に数多く出会った。

3　中部高原地帯の村

南ベトナムはまた事情が違う。ここでは実際に、十年間にわたりおよそ一九〇〇万ガロン（七六〇〇万リットル）の枯葉剤が、国土の一二パーセントに撒かれた。

フィリップと私はハノイをあとに、かつて北と南をわけた北緯一七度線沿いのクアンチ省に向かうべく、フエの空港に降り立った。

フエは、北のハノイと南のホー・チ・ミンの、ちょうど中間あたりに位置する古都である。十九世紀、阮《グエン》王朝のもとで栄え、その王宮は世界遺産にもなっている。一九六八年、アメリカを敗北に追い込むきっかけとなった北ベトナム軍と人民解放軍の一斉蜂起テト攻勢の際、フエでの戦いは最も激しく、一カ月にわたる激戦の結果、多数の死者を出した。

迎えに来てくれたのは、クアンチ省の中心ドンハのプレスセンターのフアン・グエン・ヴァンさん。この地方は一七度線の休戦ライン（名前は事実とは裏腹である）に近いため、枯葉剤も多く撒かれ、戦後になっても不発弾が多く残るなど、戦争の傷跡がいまだに消えない。

ハノイ外務省のプレスセンターから私たちの取材の目的が伝わっていたので、ヴァンさんは私たちの日程をあらかじめ立てておいてくれた。

私はハノイとホー・チ・ミン市は何度か訪れているが、ベトナム中部は初めてだ。グレッグはかなり幅広く旅行していたので、新しい場所を訪れるたび、彼はここへも来たのかしらと想像をめぐらす。

クアンチは、一九七二年に北と南が激戦を繰り広げ、戦争の勝敗が決定的になったところだ。戦争博物館の庭には、今も発掘しきれない遺骨が数万人分も埋まっているという。ここは貧しいベトナムの中でも、ことに貧しい地域である。未踏の土地へ足を踏み入れる興奮と、血まみれの過去を思う暗い気持ちが交錯する。

ドンハへ向かう車中で、「今日は、これからクアンチ町にいって、頭が二つある男の子を訪ねましょう」という。私は一瞬耳を疑った。双頭の蛇とか亀とかは聞いたことがあるし、写真で見たこともある。でも、男の子？　一体どういう状況を予測したらいいのか、見当もつかない。

私たちは一軒の、パステル・グリーンに塗られたこぢんまりした住まいに案内された。二つに仕切られた部屋の一隅にベッドがあり、子供が寝ている。薄暗がりの奥の台所から、お母さんのフオンさんが出て来て、子供を抱き起こし、私たちに見せる。八歳になるズエン君は、頭が二つあるというより、一部が大きく膨らんでいる。台湾の慈善団体の援助で施した数回の手術の結果、生まれた時より、障害は見た目には軽減したように見える。生まれたばかりの写真には、確かに頭が二つあるように写っている。

父親のドクさんの話。

「私は、ジャライ・コンツム地方の森で仕事をしている時に汚染されたと確信している。軍隊の訓

クアンチに住むド・ドク・ズエンと母親ホー・ティ・フオン。父親のド・ドクは80年代に兵士としてジャライ・コンツム県のジャングルに入り、そこで枯葉剤に汚染されたらしい（2004年）

練の一部としてね、もう一人の仲間とふたりで、他の人が行かないような深い森に入って伐採の仕事をした。その仲間はもう亡くなった。死因はわからない。

産院でズエンの顔を初めて見た時、私は平静をうしなった。何も考えることも感じることもできなかった。どうしてこんなことが、私に起こったのだろう？　でもしばらくして、これは運命だと受け入れた。これは、私たちの子供なのだ。とにかく育てなければならない。一体どのようにして育てればいいのか、見当もつかなかったが。医者にも何もできなかった。彼が生き延びるかどうかさえ、わからなかった。

睡眠薬でもあたえて、すべてを終

わりにするか？　いや、それはできなかった。彼は私たちの子供なのだ。

一週間後に、少し冷静になれた。そして、親戚と相談して妻に会わせることにした。それがどんなにつらいにしても。

ズエンは生まれてからずっと乳を吸うことができない。最初は心配しながら練乳を与えた。彼がどのくらい生きられるのかわからなかったので、飲めるだけ与えた。はじめのうちはなかなか飲まなかったが、二日目からは慣れてきて、一日一缶は飲むようになった。そうして、だんだん元気に育ってきた。

体は普通ではないけれど、生きようとする本能はとても強かった。

はじめのうちは確信が持てなかった。枯葉剤のせいかとも思ったが、他に原因があるかも知れないとも考えた。何か遺伝的な病気でもあるのかと。でも、親戚にもこんなことは起こったことがない。そして、これは枯葉剤のせいだと確信するようになった。

ズエンが手術を受けた時、医師のチームが、これ以上子供を産まないようにと言うのだ。次の子供も同じような障害を持って生まれるおそれがある、と。医師たちは、私と妻のテストもしたが、結果は教えてはくれなかった。どちらかのせいと言って、夫婦間に溝を作るのを避けたのだと思う。

そのとき私は、枯葉剤のせいだと確信を持った。」

母親フオンさんの話。

「ズエンが生まれたとき、助産婦さんは私に赤ちゃんを見せませんでした。そして私を産院に残したまま子供を家につれていき、親戚が面倒を見ました。私に会わせたくなかったのです。

一週間後に家に帰って赤ちゃんを見たとき、私は気を失いました。二日間、気を失ったままでした。数日間はものも食べられませんでした。これが私の子供とは信じられませんでした。他の人の子だろうと思いました。

でも、その後、これは天から与えられた運命だと受け入れました。だから他の子と同じように育てなければならない。彼を産んだのは私たちです。だから育て上げなければならない。

これは誰のせいでもない。夫が軍隊に行ったからです。誰を責めることもできない。運命なのです。

占い師は、この子は生まれてすぐ死ぬか、生き延びるとしたら百歳まで生きるといいました。私たちの希望は、社会の人々が助けてくれることです。お金さえあれば、ズエンは手術を受けて、目が見えるようになるのです。」

ドクさんは三十六歳の農夫だ。二〇〇〇平米の田んぼで米作りをし、年収二万円。豚やアヒルを飼ったり、日雇いの労働に出たりして、なんとか五人家族の生計をたてている。夫婦には、ズエン君の上に二人の娘がいる。十二歳のヒエンと十歳のホアだ。ヒエンは、ズエンの世話に追われる母親の代わりに、父親の農業や家事を手伝う。次女のホアは知的障害があるという。これも枯葉剤のせいだろうと両親はいう。

姉のヒエンの話。

「私は、学校に行く前と帰ってからズエンの面倒をみます。」

つらいと思うことはない？　と私が尋ねると、

ズエンと遊ぶ二人の姉、ヒエンとホア(右)

「ちっとも。私は彼といるのが楽しいし、私たちと遊んでいるとよく笑うの。」

話を聞き終わり、フィリップの写真と私の撮影が終わると、待っていたように少女たちはズエンのベッドにかけあがり、代わる代わる抱いたりキスしたりする。

ズエンは重度の障害児で、最初に会うとその容貌にたじろぐが、彼に対する家族の愛情、母親や家族に見せるズエンの微笑みなどを見ていると、奇異さよりも可愛さが先立つ。

グレッグを失った悲しみのさなかにいた私は、ドクさん一家との出会いによって勇気づけられた。こんな不幸を背負いながら、大きな家族の愛で結ばれている人たちがいる。私は自らの孤独をひしひしと感じたが、彼らの不幸に比べ、私の悲しみは小さく思えた。

クアンチでの次の日程は、カムニア村を訪れることだった。カムニアはドンハから車で一時間半ほどの、山間にある人口五六〇〇人ほどの村だ。この小さな村に一五八人の障害児がいる。

この村のことを知ったのはフィリップを通じてだった。フィリップの話は、「私はその頃サイゴンに住んでいた。戦争の写真を撮っていた。一九六七年ころから、この化学薬品が障害をもたらしているという噂が伝わってきた。情報は主にハノイからもたらされたので、すぐに共産党のプロパガンダだと無視された。その後一九六九年に、サイゴンの新聞に奇形児の写真とともに記事がでた。新聞記事は、当時の南ベトナムのチュー政権によって、すぐに握りつぶされた。チュー大統領は、これを性病のせいにした。

最初に散布された時から、枯葉剤は〝化学兵器〟だった。その目的は北ベトナムに同情的だと思われる村や田畑に散布し、人々を飢え死にさせるか、都市や町、収容所に移動させてコントロールしやすくすることだった。村を空っぽにして、ゲリラが人々の支持を得られないようにしたのだ。

枯葉剤はいろいろな形で散布された。飛行機からだけでなく、ジープに搭載したタンクから、あるいはパトロール・ボートから川岸へ向けてと。

一部の地域では特に大量に散布された。軍の基地周辺は、ことに散布が多かったのだ。

枯葉剤に含まれているダイオキシンは消滅しない。環境システムにいったん入ったら、居座りつづけるのだ。日光や紫外線によって消滅すると言う人もいたが、それは間違いだ。長いあいだ環境の中に存在し続けるのだ。

私たちは、中部高原地方のアシャウ渓谷で魚を飼っている池を訪れた。この地方は枯葉剤による汚染が著しいところだ。世界の他の地域でこれだけ汚染されているところがあれば、防護服を着た人たちが来て、土壌をプラスチックバッグにいれ、遠隔地の廃坑にでも捨てに行く。そのくらい汚染がひどいのだ。

一九九七年か九八年に、友人が、中部ベトナムで障害児が非常に多い村の話を聞いた。それがカムニア村だ。カムニア村の近くには米軍基地、キャンプ・キャロルがあった。基地の周辺では、(ゲリラの攻撃を防ぐため)多くの枯葉剤が撒かれた。米軍の記録から作られた散布地図をみると、この地方がいかに枯葉剤を浴びせられたかがよくわかる。」

クアンチ省はベトナムでも最も貧しい地方である。カムニア村はその中でもことに貧しい。私たちは、戦争中は主な補給路として使われていた国道9号線沿いに、未だに木の生えない山々を縫って村に着いた。

村の貧しさはすぐに目につく。ある家では、さまざまな障害を持った子供たちが土間に敷いたゴザの上に寝かされている。

村の職員のビンさんに話を聞いた。

「一九八〇年のはじめには障害児の数は三十人でした。でも、それから二〇〇〇年ころまでどんどん増えて、今は一五八人います。私たちは、これは戦争中に村に撒かれた枯葉剤のせいではないかと思うようになりました。」

次にレ・ティ・ミットさんの話。

「一九六一年ころから七二年ころまで、飛行機が来て白やピンクの塵のようなものを撒きました。これを浴びると目や鼻が痛くなります。木も枯れました。木々が再び生えはじめたのは一九七三年ころです。

私の子供たち（彼女にはチュオン、チュオイの二人の男の子がいる）が生まれた時、彼らはうめき、泣きました。彼らの泣き声は動物のようでした。何日も〝イー、イー〟と泣き続けるのです。

子供たちは、なかなか目を開けることができませんでした。開いたときも半分だけです。大きくなるにしたがって、少しずつ開くようになりました。

歩行練習をするグエン・ヴァン・チュオイと母親のレ・ティ・ミット（クアンチ省カムニア村、2004年）

この子（下の子のチュオイ）は最初、立つこともできませんでした。私は練習のために、椅子を作り、立って歩くことを教えたのです。」

上の子のチュオンはほとんど寝たきりで起き上がれない。チュオイの方が、外界のことによく反応するようだ。レ・ティ・ミットさんは、庭に木の棒で作った手製の歩行器で、チュオイに歩行練習をさせている。

「さあ、行こう。立って、手伝ってあげるから。さあ、外に行って、何か甘いものを買ってあげるよ。（私たちに向かって）この子は外に出ていろんなものを眺めるのが好きなんです。立って、歩く練習をしよう。」

五メートルほどの木枠をつたって往復したチュオイは、微笑みを浮かべて満足そうだ。息子を抱きかかえて家に入りながら、彼女は言う。

「もう少しお金があれば、チュオイのリハビリもちゃんとできるのです。私も楽になるし。」

暗い土間に戻る二人を私はカメラで追った。家の中はほとんど真っ暗で、何も見えない。歩行練習を終えた二人は、ほっとした様子でベッドの上に座っている。

母親は慰めるようにチュオイを抱きかかえる。チュオイは期待に応えて歩けたことに満足しているかのように、母親に顔をすり寄せる。静かな二人だけの時間だ。私がいることはまったく気にしていないようだ。レンズを通しては何も見えないので、焦ってゲイン値（カメラの感度）をあげる。ぼうっと二人の姿が写る。私はカメラを回し続けた。

カムニア村の道は舗装されていない。少し雨が降ると、ぬかるんで車もなかなか通れない。もっとも、村には車はほとんどなさそうだ。皆、オートバイか徒歩だ。

村の主な産物は胡椒。どこの家の庭にも胡椒の木が生えている。

トゥイさん（四十一歳）とキウちゃん（十一歳）の家は、レ・ティ・ミットさん一家の家から数百メートルの胡椒林の中にある。二部屋の小さな家だ。私たちが訪れた時、土間に置かれたベッドには、可愛い花柄のブラウスを着た女の子がひとり眠っていた。〝眠れる森の美女〟を思い起こさせた。私たちが来たことにも気づかない。

母親が汗をふきふき畑仕事から帰って来て、キウを起こす。母親の声を聞いたキウは、にっこり

農作業から帰った母親のチュオン・ティ・トゥイさんと娘キウの和やかなひととき。キウは生まれつき眼球がない（クアンチ省カムニア村、2004年）

笑って起き上がる。彼女は目がみえないのだ。眼球がないのだという。

こんな不幸を抱えているとは思えない明るさで、トゥイさんはキウに語りかける。

「さあ、お客さんがみえているのよ。頂きものをしたので、お礼を言って。」

キウが言葉ともいえない声を発すると、

「今、ありがとうと言ったのです」

と通訳する。

キウは歌が好きだという。さあ、歌ってごらんと母親がうながすと、手や上半身を動かして歌らしい声を発する。

「キウは歌を、テープを聞いて覚えるのです。私は畑仕事に行く間、テープをかけて、終わるころにもどってはかけ直して、また出かけます。一人でいて淋しくないように。キウの得意な歌は〝私たちにはホーおじさんがついている〟とか、〝私たちは祖国のためアメリカと戦う〟などです。」

トゥイさんは離婚して、一人で子供を育てている。

二〇〇四年の暮れ、私が二度目に訪問した時、トゥイさんはいなかった。上の男の子――高校生でとてもよくできた子だったという――が、二週間前にオートバイ事故に遭い、亡くなったのだ。彼女はショックで、ドンハの病院に入院しているという。

その時、私はトゥイさんがあんなに明るかったのは、もう一人、この男の子がいたからなのだと思った。

留守宅ではトゥイさんの母親が、祭壇がしつらえられた部屋で、キウのおもりをしていた。

「トゥイは一九六二年生まれです。その頃、朝早く米軍の飛行機がきて何かを撒いていきました。ジャックフルーツの木はみんな枯れました。私は畑仕事をするあいだ、トゥイをゴザの上において遊ばせておきました。彼女はそばに生えている草の芽をとっては食べていました。

米軍機は一九六八年まで、何度も散布を続けました。私たちは村を出て、キャンプに移動させられました。」

帰り道、私たちは村の幼稚園の近くを通った。可愛い子供たちが大勢遊んでいる。ビンさんの話では、村の若者たちは子供を産むのを恐れているという。いつ障害児が生まれるかわからないからだ。幸い二〇〇〇年以後、ここでは障害児は生まれていない。だが、将来も生まれないという保証はないのだ。

カムニア村を離れた後も、私たちは中部高原地帯で、そして、ホー・チ・ミン、メコンデルタ、ビエンホア近郊などで、多くの被害者たちに出会った。重度の障害を持つ子どもたちを抱えながら生活苦と向きあう、さまざまな家族の深い愛情と優しさに、私は打たれた。そしてそれによって、私は癒された。

ベトナムで出会った人たちは、想像を超える障害や奇形を持ちながらも、静かに運命を受け入れ、充実した人生を送っているようにも見えた。彼らが求めているのは、復讐ではない。具体的で実際的な、ほんの少しの救いの手なのだ。

カムニア村の、障害を持つ少女の母親レー・ティ・トゥイェンさんは、「アメリカが憎くないですか」という私の質問に、娘のダちゃんにお粥を与える手を休め、「誰のせいとも言えません。戦争だったんですから」と静かに答えた。

4　ツーズー病院「平和村」

ホー・チ・ミン市を訪れるのは十数年ぶりだ。以前来た時は、まだサイゴンという名称のほうが耳慣れていた。あちこちに、グレッグと来た時の面影を探すが、私の記憶は曖昧だし、サイゴンも変わってしまって、以前とは違う町のようだ。

まず、ツーズー病院を訪れる。ここはベトナムでも第一の産婦人科病院で、一九八六年にもグレッグと来たことがあるはずだ。記憶をたどって、なにか見覚えのあるところはと探すが、どうも記憶にある病院とは違う。ずいぶん大きく立派になって、人の出入りも格段に多い。

この病院の一角には平和村と名付けられた施設があり、障害を持つ子供たちが一〇〇人ほど生活している。

まず通された二階の事務所では、日本でもよく知られているドクちゃんが、コンピューターに向かって仕事をしている。前述のように一九八八年、まだベトちゃんと一体だったころに会っているが、すっかり成人して別人のようだ。何の不自由もないようすで、車椅子で軽快に動き回り、オートバイで外出もする。運動が大好きで、時々ジムに通い、サッカーも得意だそうだ。

話が上の階で寝たきりのベトちゃんのことになると、とても悲しそうだ。

「僕たちはツーズー病院の平和村で、お医者さんや看護婦さんたちに囲まれて、とても幸せな生活を送ってきた。ベトと僕は、体は離ればなれになったけれど、いまも愛し合っている。でも別々になって、独立した生活を送れるようになったのはいいことだ。ベトは苦しい思いをしてきた。僕が元気でベトがあんな状態でいるのは、心が痛む。でも毎日、彼のベッドサイドで一緒の時間をすごしているよ。

僕は日本にも何度も行っているし、いろいろ皆さんの援助を受けられてラッキーだ。アメリカを憎いとは思わないが、世界が枯葉剤のことをもっと知って、他の犠牲者たちにも救いの手が差し伸べられることを願っている。」

（ベトちゃんは二〇〇七年秋に死去。その後会った時には、「ベトはとても苦しんだ。彼の最期はとても穏やかで、いまは苦しみから解放されよかったと思っている」とドクさんは語っている。）

次に三階の病棟に案内される。壁際にずらりと並んだベッドには、年齢もさまざま、症状もさまざまな子供たちがいる。水頭症で頭が異常に大きく、つぶらな瞳のファム・ティ・フォン・カンちゃんは、一九九五年にタンホアで生まれた。脚が付け根からないチュオン・ティ・ニョック・ディエップちゃんは、二〇〇一年、クアンナムの生まれだ。横向きについた脚を常に痙攣的に蹴り上げているグエン・ヴァン・ズンは一九九三年、ホー・チ・ミン市で生まれている。

そのほか、目が異常に飛び出ている子、眼球がない子、手がない、脚がないなど、その障害の様相は異なるが、多くは枯葉剤が大量に散布された地方の出身だ。慣れないとつい目を背けたくなるのが、正直な気持ちだが、元気な子は親しげにすがりついてきて、屈託がない。少し長くいると、彼らが重症の障害児ではあるが、子供らしい愛らしさに満ちあふれていることに気づく。私は子供を産み育てた経験がないこともあって、特に子供好きとは言えないが、彼らの中にいると、どんな症状の子であれ、生命のいとおしさを教えられる。彼らはあとどのくらい生きられるのだろう？

二階は、もう少し大きい、障害の度合いも比較的軽く学習もできる子供たちの学校だ。

廊下の突き当たりの階段で、男の子が二人遊んでいる。階段から飛び降りごっこをしているのだ。どこの小学校でも見られる光景だろう。だが、この二人は両方とも片足がない。一本の脚でひょいひょいと数段飛び越して降りてくる。無事着地したが、バランスよく立ち上がることはできない。床に転がりながら、屈託なく笑う。見る者に、体が不自由だということを忘れさせる笑顔だ。

十八歳になるロイ君は、とてもハンサムで明るい。脚が膝下からなく、右腕も半分しかない。機械や道具をいじるのが大好きで、故障したコンピューターを解体し組み立てなおしている。彼は枯葉剤が多く散布されたタイニン地方で、一九八七年に生まれた。生まれたばかりの赤ん坊を見て、母親は気絶したという。両親は貧しく、家でロイの面倒を見きれなかったので、彼は六歳の時から

足で字を書いたりコンピューターを操作するファム・ティ・リン（2004年）

平和村に住んでいる。子供たちの中では一番年長で、リーダーらしく小さな仲間たちの先頭に立って遊んだり、勉強を見てやったりする。

隣りの部屋では、何人かの子供がコンピューターの練習をしている。十歳になるファム・ティ・リンちゃんは、ホー・チ・ミン市で生まれた。彼女のおじいさんは南ベトナム軍の士官で、戦争中は枯葉剤を輸送したり散布したりする飛行機に乗っていた。リンちゃんは生まれたときから両腕がない。けれど足の指を使って、早く的確にコンピューターのキーボードを操作する。

西村夫妻は淡路島の出身で、ここでボランティアとして日本語を教えている。

ベトナム語を習おうと四苦八苦している私は、子供たちの日本語の能力と覚えの早さにびっくりするばかりだ。リンちゃんは、このクラスでも特別な才能を発揮する。西村先生の話す日本語を、足の指をつかってノートに筆記する。字は、私よりもはるかにきれいで正確だ。皆で練習していた日本語の歌は、「幸せなら手をたたこう」。十人ほどの生徒はみな元気で、うれしそうに先生のリードにしたがって歌う。西村先生の奥さんの隣りに座っていたリンちゃんは、「幸せなら肩たたこう」

のところで、脚で奥さんの肩を叩きかけて、恥ずかしそうに脚を引っ込める。悪びれてではなく、とても自然な感じで。

一九六〇年代の半ばからこの病院で働いていて、子供たちにお母さんのように慕われているツーズー病院院長のグエン・ティ・ゴック・フォン博士は語る。

「私は一九六五年から六九年まで、学生としてここで研修しました。そして異常な出産や疾病が激増していることに驚かされました。でも当時、その原因が何かは分かりませんでした。

一九七五年に米国の退役軍人たちが訪れたとき、戦争中に散布された有毒な化学物質が、人体に影響を与えたことを初めて知ったのです。

私たちは標本を送りました。奇形の子供や母親、がん患者の血液や細胞が、カナダや西ドイツに送られました。結果は驚くべきものでした。人体内のダイオキシンのレベルが、エージェント・オレンジの散布を受けていない北ベトナムや国内の他の地域と比べると、とてつもなく高い数値を示したのです。母乳中のレベルは一四五〇ＰＰＴでした。人体内で検出されたものとして最高の数値です。ダイオキシンが製造されて以来、こんな数値は初めてです。」

私が「この子たちは最近生まれてきたわけですが、母親でなく祖父母が枯葉剤を浴びたのですか」と聞くと、

「その通りです。母親か父親が、その両親から授乳などでダイオキシンの汚染を受けたのです。」

「つまり第三世代ですね。」

「そうです。ベトナムではとくに南部において、若い医者や助産婦を対象に研修を行ない、超音波

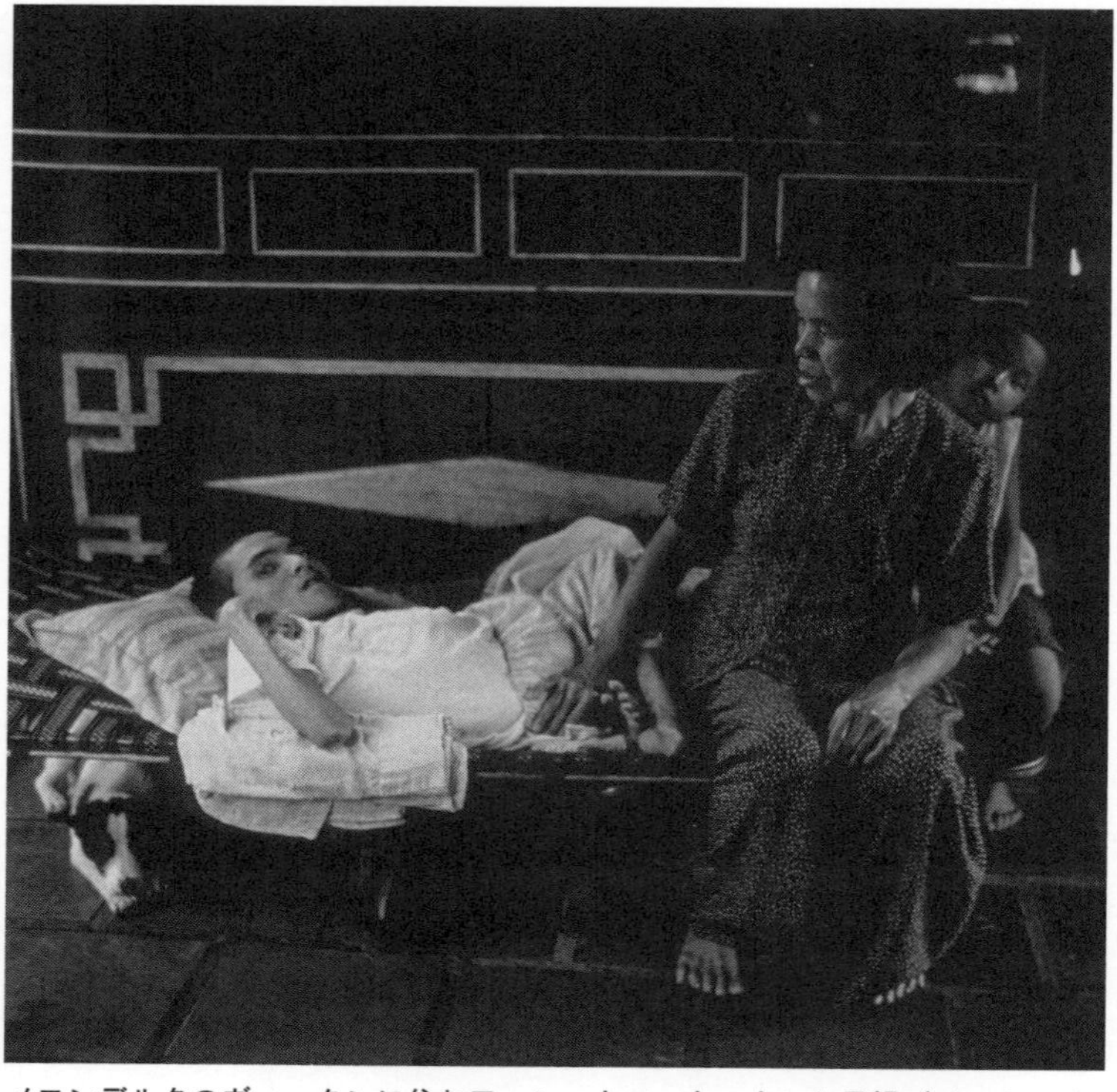

メコンデルタのヴィ・タンに住むファン・キエット・タンと母親ブイ・トゥイ。トゥイさんは元解放戦線の兵士で、枯葉剤を何度も雨のように浴びた。それは嫌な味がし、ひりひりする後味を残したと語る（撮影グレッグ・デイビス、1994年）

による検診を進めています。妊娠のなるべく早い段階で胎児の異常を発見するためです。そして出産前に中絶するようにします。これ以上、奇形の子供が生まれないようにするためです。障害児を育てることは、社会にも家族にも大きな負担となっています。」

「この子たちの未来は？」

と、最も気になることを聞く。

「大変でしょう。でもみんな明るい。自分ではまだ分からないんです。ときどきかわいそうでたまらなくなります。涙が出てきます。今は自分の将来を考えることもなく、楽しく暮らしています。」

フォン博士は昔のことを思い出して、涙ながらに語った。

グエン・ティ・ゴック・フォン博士

「いちばん大変だったのは、一九七五年に戦争が終結した後でした。手術に必要なものが手にはいりませんでした。

三十六歳くらいの女性患者のことを思い出します。彼女はがんになって夫から見捨てられ、六人の子供に連れられて病院に来ました。長女は十四歳くらいで、子供たちがみな廊下にならんで、先生、お母さんをぜひ助けてください、私たちにはお母さんしかないのです、と懇願するんです。私は彼女を助けることができませんでした。出血をとめることができなかったのです。その夜、私は手術室を出ることができませんでした。そこで泣き続けたのです。子供たちが、先生、泣かないでください、あなたがそんなに弱くては、どうして患者を助けることができますか、と言うのです。今なら、同じような患者がいたら、私は彼女の命を救うことができます。充分な医療設備があるからです。ドイモイ（一九八六年に提唱された経済刷新政策）以降、経済が少しずつ上向いて、医療設備も改善しました。

いちばん嬉しいのは、なんといっても赤ちゃんが無事生まれた時です。そして産声をあげる時。私たちはみな笑います。とても幸せです。超音波によって障害が前もってわかるようにはなりましたが、全部わかるわけではありません。障害児の数は減りましたが、いまだに大きな問題です。赤ちゃんが障害児だと分かった時、お母さんたちはとても悲しみます。でも妊娠十二週から十六週くらいなら、中絶できるのでまだましです。それ以降になって分かった場合の母親は、悲痛です。

多くの人が科学的問題と政治的問題を混同しています。私がダイオキシン問題に触れると、仲間のなかには、また政治の話をしていると揶揄する人たちがいます。私は、政治の話ではなく科学の話をしている、と反論します。それでも私は、この問題をとりあげるときには気を配るようになりました。

アメリカの科学者や政治家の中には、障害児と枯葉剤の関連を否定する人がいます。でも彼らがここに来れば容易にわかることです。私は彼らが来たら、ホルマリンのビンに保存されている奇形児の標本を見せます。そしてそれぞれの子供の父と母の経歴を示すのです。アメリカの国会議員が来た時も、この部屋につれてきました。彼らの中には吐き気を催す人もいました。そして、分かった、よく分かった、これ以上の証明はない、と言うのです。

一般的にアメリカ人は、自分の居心地のいい生活から出たくないのです。そして見たくもないし知りたくもないのです。自分の家族や知り合いが枯葉剤の影響を受けたとわかって、初めて注意をはらいます。

ズムワルト海軍総司令官のことを知っていますか。彼はベトナムでの枯葉剤の使用を推進した人ですが、息子を枯葉剤の影響で亡くしました。ここに、彼が一九九〇年にアメリカ議会で証言した時の声明文があります。

一部を読んでみましょう。

『私は一九七〇年から七四年まで、ベトナムで海軍総司令官として、枯葉剤の使用に賛同し、戦争被害を減少させる手段として大量に散布することを命令しました。私も息子のエルモも、彼のホジキン病と非ホジキンリンパ腫、そして結果的な死が枯葉剤のせいではないかと疑っていました。しかし、その頃多くの人がそうであったように、病気と枯葉剤の因果関係を証明するにたる科学的根拠はないと思っていました。これはもちろん、その頃のプロパガンダだったのです。（米国疾病予防管理センターは、一九八三年に枯葉剤と帰還兵の病気の因果関係を否定する報告を出した。）

この結論は、政府の担当者らが、枯葉剤が人体に害を及ぼすことを否定するために捏造したものであることが、ますますはっきりしてきています。……

第二番目の、モンサントとＢＡＳＦの二つの化学薬品会社の工場労働者が被爆した件での研究でも、恥ずかしげもなく過ちと欺瞞に満ちた報告がなされ、ダイオキシンが人体に及ぼす影響の後々の研究や政策に、大きな障害となりました。

最近のモンサントに対する訴訟が示したように、モンサントの研究は欺瞞であったことが明らかになりました。モンサントの研究者たちは、意図的に被験者グループの死者数を操作していたのです。』

これではっきりするでしょう。充分な証拠です。化学薬品会社は、被害者に対する責任を認めるべきです。

ズムワルト司令官はこう締めくくっています。

『この委員会と議会が出すべき正しい結論は、まさにこれ以外に道徳的に正しい結論はあり得ないのですが、枯葉剤が多くの病気、出産障害の元凶であることを認め、ベトナム帰還兵に相応の補償をすることです。』

ベトナム帰還兵だけです、ベトナムの人々ではないのです。」

フォン博士は苦笑する。

帰り際に案内された鍵がかけられた一室には、ツーズー病院で生まれながら、生き延びることのなかった数々の胎児が、ホルマリンのビンに保存されている。生殖器が額についていたり、胴体がひとつ、頭がふたつ、などなど、想像も及ばない奇形の胎児たちだ。

5　ロンタン基地をさがして

この旅の目的の一つは、グレッグが枯葉剤を浴びたと思われる基地を探すことだった。

ある日、楽しかったころのふたりのスナップ写真の中に、私は忘れていた写真を数枚見つけた。

これらは、グレッグがベトナムで従軍していた頃に撮ったものだ。以前、彼に見せられたときには、なぜ大切なのだろうと思ったのだが、今はその意味がわかる。

でも、撮影後三十年以上も経った今、どうしたらこれらの写真の詳細を知ることができるだろう。

そんなとき、七〇年代に京都で知り合いだった、グレッグのベトナム戦争時代の仲間マーク・ランググレンのことが思い浮かんだ。十何年かぶりに彼から電話があった、とグレッグが話していたのを思い出したからだ。電話帳で彼の名前を見つけ出し、まだそこにいるかどうかも分からないオレゴンの番号に電話した。

電話はうまくつながった。

写真をみたマークは即座に、これはグレッグが一九六八年後半から七〇年四月までいたロンタンの基地だと断言した。

マーク・ランググレン、ベトナム帰還兵の話。

「グレッグが除隊した翌月、ロンタンに行くと人っ子一人いないんだ。そうだね、テーブルが森だとする。ゴム農園やジャングルがあって、この辺がロンタン基地だ。基地の周りには草一本生えていない。未舗装の進入路があるだけだ。」

マークはこの基地に行くことを命じられたのだが、現地のその不気味な様子に耐えられず、次の日に徒歩でサイゴンに戻ったという。

米国の国立公文書館で発掘した映像資料がある。米国陸軍生物学研究所が製作した「ベトナムにおける植生制御実験」と題されたフィルムだ。一九六一年に製作されている。以下のナレーションがつけられている。

「サイゴン周辺で実験が行なわれた。ロンタンでは二トン半のトラックから、タービンで道沿いに散布された。結果は優良ないし良だった。薬品の効果は実証され、より即効性のあるものに代わるまで使用される。適切に使用するかぎり人体への被害はなく、土壌の生産力も一農業年で復活する。ベトナムでの枯葉作戦は毎日続けられている。

目標は、交通手段となる道路や運河、電線、線路周辺の植生だ。散布地域でのゲリラ活動は消滅した。軍事的価値はこのように証明された。」

フィルムは「一般公開不許可」の字幕で終わっている。

このフィルムを見た時、グレッグの死因に関する私の疑問は、ほぼ確信に変わった。

ロンタンは当時、米国の主要基地だったビエンホアの近くにある。ロンタン地区に着いた私は、写真を見せて、当時のことを覚えていそうな年配の人々に、どの辺りに基地があったのかを尋ねた。やっと出会ったファン・ヴァン・ハさんが連れて行ってくれた場所は、現在ベトナムの軍事施設として使われている。木が植えられ、かつて荒涼としていた土地には緑がよみがえっている。しかし枯葉剤に含まれていたダイオキシンは、土や動植物の細胞の中に深く潜んでいった。ここでは、戦争はまだ終わっていない。ビエンホア一帯は、今も多くのダイオキシンが残る汚染地帯、ホットスポットの一つだ。中でもロンタンでは、人口二三万人のうち一〇〇〇人が、枯葉剤の後遺症に苦しんでいる。

ゴムの木の林を過ぎて訪れたのは、ズオン・ティ・レーさんの家。一九六七年生まれのレーさんと夫との間には、八七年生まれの長男と九三年生まれの次男がいる。二人とも同じような障害をもって生まれ、自立した生活ができず、絶え間なく痙攣的に動き回り、次男は常に叫ぶように声を上げている。両親は常に、彼らを抱き上げたり、慰撫したりして面倒をみなければならない。両親は子供の世話に明け暮れて仕事もできず、休むこともできない。十代半ばにしては体は小さい兄弟だが、いつも抱き上げている母親には重労働だ。最近の検査では、母親の体内ダイオキシン濃度は五一PPT、子供たちは九一PPTだったという（通常は二PPT）。

ちなみにベトナムはゴムの産地だ。ベトナム戦争中はフランスのミシュラン・タイヤ所有のゴム園があちこちにあり、ミシュランは、枯葉剤による何千本ものゴムの木の損害補償を米国に求めた。米国は即座に、ゴムの木一本につき八七ドルの賠償に同意した。だが、人間に対する補償はいまだにゼロだ。

レーさんの家の近くにすむティ・ミ・ティィエンさんは、一九六七年生まれ。枯葉剤の散布のことは何も覚えていない。が、一九九六年生まれの息子、グエン・レー・カン・チュオンはその痕跡を受けて生まれた。寝たきりで、体が自由に動かせない。手足や内臓も発育不全だ。

ベトナムでも、戦争（ここでは「アメリカ戦争」と呼ばれる）は急速に過去のものになりつつある。

チュオンさんの両親の家で、一九三八年生まれのニット・バン・ニエンさんという近所の人に、戦争中の話を聞くことができた。彼は一九六四年から六五年にかけてこの地域に住んでいて、化学剤の散布を何度も経験した。それが枯葉剤だということは知らなかったが、飛行機がよく来て、何かを散布し、それから木々が枯れた。散布があると逃げ惑った。散布はとても頻繁にあった。このあたりにはベトコンもたくさんいた。昼間は南ベトナム側だが、夜になるとベトコンになるのだ。住民は順番で米を炊いて、ベトコンに食糧をあたえた。いまも付近には多くの枯葉剤犠牲者がいるという。

年代に数年のずれはあるものの、グレッグがロンタン基地にいたころ、夜中に襲撃をかけてきたのは彼らの仲間であり、グレッグたちが闇にまぎれて手榴弾をなげたのも、彼らの仲間に向かってだったのだ、と思いを深くする。

北はハノイから南はベンチェまで、約一二〇〇キロにわたる町や村で、私たちは多くの犠牲者と家族に出会った。一家族が複数の被害者を抱えていることもまれではない。重度の障害をもつ子供たちを抱えながら、生活苦と向きあうさまざまな家族の深い愛情と優しさに、私は深く打たれた。

8 『花はどこへいった』の誕生

1 パーソナル・レクイエム

二〇〇四年夏と、その後単身で行なった同年暮れからお正月にかけての取材で、私はミニDVテープ八〇本分ほどを撮った。およそ、のべ八〇時間分だ。

予想していた以上に多くの被害者に会ったし、それぞれの出会いに感動した。

これから、撮ってきたテープを映像ソフトを使ってコンピューターに取り込み、編集するという大仕事が待っている。

日本に戻り、仕事が終わってジムに行ったりして、帰宅するのが十時頃。それから毎朝二時、三時までコンピューターに向かい作業を続けた。

メーンのインストラクターだったビル・メガロスのアドバイスにしたがって、まずは貴重な映像が消えたり破損したりした場合に備えて、すべてのテープのコピーを作る。これは撮ってきた実時間と同じだけかかるので、八〇時間近くかかったことになる。普通の会社での仕事に換算すると、約二週間分ということだ。まあ、これならできるなとタカをくっていた。

コピーをするという単純な作業でさえ、ビルに国際電話をかけて、どんなワイアーで二台のカメラを接続すればいいのか指示を仰ぎつつ、というくらい私は何も知らなかった。

次にテープを一本ずつ見ながら、タイムコードを記録し、使えそうな映像とその内容をノートに控える。この作業はさっと一度見ればいいというのではなく、可能性がありそうな場面は巻き戻して何度も確認するので、けっこう手間がかかるのだ。しかもベトナム語の部分は、聞き取りにくい通訳の英語に頼るしかないので、なかなか進まない。

そしてタイムコードと内容を、映像ソフトを使ってコンピューターに記録し「取り込み！」(capture!) の命令ボタンを押して、あとは皿洗いなり、テレビを見るなり解放される……はずだった。

ところが皿洗いが終わって、もう全部すんでいるだろうと見てみると、なんと途中でエラーメッセージ。たとえば「タイムコードが見つかりません」「タイムコードが切れています」などが出ていて、すべてやり直し。あるいは夜中にボーンという音がして、映像データを保存していたハードディスクが壊れてしまったなど、情けない思いを繰り返した。ああ、なんでこんな思いをしながら続けなければならないのだろう、と思いながらも、これを続けることのみが生き続けることだと、「歯を食いしばって」作業を続けた。心の中の悲しみと虚しさがそれだけ強く、それに比べればこんなトラブルはとるに足りない、と思えたのも事実だ。

映像ソフトは十万円以上するので、友人からコピーさせてもらったものを使い、コンピューターも映像を扱うことは考えていなかったので、そこまでの性能はなく、作業中に言うことを聞かなくなることが重なる。何のどこが調子が悪くても、相談できる人もいない。アップルのサービスに電話すると、質問するだけで何万円もかかるという。秋ごろに一応の形ができあがるまでは、文字どおり悪戦苦闘だった。

さて、画像は撮ってきた、訴求力のある映像もいくつかある。でも、これからどうしよう？　たくさんの被害者たちをカタログのように並べるのでは仕方がない。どうやったら物語を作れるのだろうという課題に、私は直面した。

そこで、再びメーン州のフィルム・ワークショップの助けを借りることになる。このとき参加したのは、一週間の編集コース。ベトナムで撮ってきた子供たちの映像を見せて、先生と生徒たちの意見を聞く。多くの人たちは、重度の障害を持つ子供たちにショックを受けていた。

私自身を主人公にして、パーソナルな話にしたらという提案をしてくれたのは、このときのインストラクターだ。社会的にこんな大きな問題を、自分のスケールの話に「矮小化」するのは気が引けると、最初はあまり乗り気ではなかったが、この提案はずっと心の奥に残った。

グレッグが入院中に、私が撮ったホームビデオが何本かある。彼が死んでしまうと分かったとき、生きている声や姿をできるだけ留めておきたいと思って撮ったのだ。撮りながら、「どうしてそんなことしているの？」と訊かれたらどうしようと思った。だが彼は、その質問をすることはなかった。気づかなかったのだろうか。気づいても不審に思わなかったのだろうか。

彼が亡くなってしまってから、私はこれらの映像を何度も見返した。その度に泣きながら。

そして病気になる前の数年間に撮りためていたホームビデオも、何度も見た。彼はいなくなってしまったのに、声や姿がこうして再現されるのが、不思議でしかたなかった。性能のいいサウンド・システムと大きなスクリーンがあれば、もっと生きているように思えるのにとも思った。

ワークショップのインストラクターのコメントは、こんな私の気持ちを後押しした。グレッグが病床に伏している映像や写真を、他の人の目にさらすことへの抵抗はあったが、とりあえず公開する予定があるわけではないし、私と、近い友人や家族が見るだけなのだからと、とまどいながらも病院の様子、昔の写真、私たちが一緒に暮らした家などの場面を取り入れた。この作業はしばし私を過去につれもどし、つらいながらも充実した時を与えてくれた。

こうすることによって、私の中ではどんどんストーリーが組み上がっていくようになった。

ジョーン・バエズの歌「雨を汚したのは誰?」を導入部に使いたいという気持ちは、すでに二〇〇四年の夏、ベトナムへ取材に出かける前からあった。隣人が、古いレコードをCDに焼いてプレゼントしてくれた中に、この歌はあった。雨の降る六月だった。グレッグが亡くなって一年と少しの頃のことだ。

「雨の中に立っていた小さな男の子
優しい雨は何年も降り続いた
いつしか草は枯れ
男の子も消えた
あの人たちは雨に何をしたのか」

雨音しか聞こえない淋しい山の家の午後だった。消えた男の子にグレッグが重なり、私はこの音楽を使って映画を作ろうと、このとき決めたのだと思う。

最初のベトナム取材で、フエの王宮跡のお堀の蓮に降る雨、チョン・スン墓地の枝葉に降る雨の撮影をしたのも、この歌が頭のなかでリフレインしていたからだ。

私はベトナム戦争のことを知っているつもりで、実は何も知らなかった。どうしてアメリカがあんなに遠くの小さな国におせっかいをしに行ったのかも知らなかった。ベトナムの人たちは民族の独立を望んでいるのに、アメリカは、ベトナムが共産主義化すれば、ドミノのようにアジアの国々がどんどん共産主義化していくと心配していた、というくらいのことしか知らなかった。知ろうとする努力もあまりしなかった。

グレッグも戦争の話はほとんどしなかったし、その頃はアメリカ自体もベトナム戦争を忘れようとしていた。歴史上あまりの汚点なので、国としてどう対処したらいいのかわからなかったのだ。一九七八年の『ディア・ハンター』、一九七九年の『地獄の黙示録』ができるまでは、ハリウッドでさえベトナム戦争を扱いかねていたのだ。(いかに多くの情報が、ハリウッドのエンターテインメントを経由して供給されることか！)

一九八〇年代なかば、アメリカがベトナム戦争敗退の悪夢から覚めかけた頃、全長十三時間、全六巻のビデオ・シリーズ「ベトナム：テレビ番組に見る歴史」(“Vietnam：a Television History”)というドキュメンタリーが、アメリカ、イギリス、ドイツ三カ国の共同で制作された。エミー賞はじめ数々の賞を獲ったシリーズだが、グレッグはこれをどこかで手に入れてきた。我が家にもたらされたのは一九九〇年代の初めだったと思う。一時期ふたりで一生懸命見た。グレッグは私よりずっと真剣だった。私は英語が分かりにくかったせいもあり、時代背景に疎いせいもあって、途中でうたた寝してしまうことも度々だった。

グレッグが亡くなってから、ベトナム戦争や枯葉剤についてもっと知ろうと思った私は、今度は真剣に全部を見た。目からウロコの思いだった。

私の映画にも、ベトナム戦争の歴史上の映像を使う必要がある。でも、いったいどこでどうやって手に入れればいいのだろう。皆目見当のつかない中で、試行錯誤でVHSからミニDVにコピーする方法を探り出し、必要な場面を盗作して映画の中に組み入れた。当然応急措置のつもりだった。使ったのは枯葉剤散布の様子、アイゼンハワーの演説、帰還兵がワシントンの戦没者の碑の前で、戦死した仲間を悼んでいるところなどだ。

これらの映像を取り入れると、だんだんドキュメンタリー映画らしくなってくる。でも、家で友だちに見せるのならともかく、すこしでも一般の人が見ることを視野に入れるなら、いつまでも盗用というわけにはいかない。

そんな時、ワシントンDCに住む、フィルム・リサーチャーのエド・エンゲルスを紹介してくれる人があった。彼はスタンフォード大学で映画を専攻し、エロール・モリス監督の『フォッグ・オブ・ウォー』のリサーチにも携わったという。私は彼にメールを送り、探している映像のリストを知らせた。ひと月くらいで、彼は私が探していたもの、時にはそれ以上のものを米国立公文書館から探し出して、ミニDVに収録して送ってくれた。

グレッグの死因が枯葉剤であることを私に限りなく確信させた、ロンタン基地での散布実験場面も、この中に入っていたものだ。

中には「一般公開不可」とある映像もあり、これは八〇年代の情報公開法後にリリースされたのだろうと憶測した。

2　試行錯誤の編集作業

紆余曲折を経て私なりに物語をまとめたのが、二〇〇五年の秋だった。テープを、ロスアンゼルス在住のビルに送った。しばらくして彼からメールが届き、「とても良い作品だと思う。日本に行って仕上げを手伝いたい。ついては、とてもいい日本人の作曲家で難波正司さんという人がいる。彼も日本に行って作曲をしてくれると言っている」と言う。

ふたたび行き詰まっていた私にとって、これは願ってもないことだった。二人とも無報酬で手伝ってくれるというのだ。

二〇〇五年十二月十一日。二人が日本に着き、三人で群馬の山の家に向かったこの日は、記録的な大雪が降り始めた日だった。

八日間という限られた期間に、すべてを完成させなければならないというので、着いた日にさっそくナレーションの録音をする。私のところには機材といっても何もないので、二人がロスアンゼルスから、楽器やマイクなど、たくさんの機材を持って来てくれた。

スタジオもないので、冷蔵庫などの日常の物音がしないところというので、屋根裏でナレーションを録る。

次の日の朝、起きると一面の銀世界だ。雪はどんどん降り続ける。

私とビルは、朝から晩までコンピューターと取り組む。編集ソフトの「ファイナル・カット」で作った私の映像ファイルがあまりに整理されていないので、これではとても八日間ではできないと、ビルは悲鳴をあげる。

一方難波さんは、私たちの騒ぎを超越して、家のピアノ、オカリナ、グレッグがビルマから持ち帰った鐘、ギター、持参したキーボードなどを駆使して、場面ごとに違った音楽をつくり、メモリー・スティックに入れてはビルに渡し、映像に音楽がつく。まるで魔法のようだ。

雪は毎日降り続け、山道なので除雪車も来てくれず、私たちは閉じ込められたまま、一週間映画作りに専念した。

ロスアンゼルスに帰らなければならない日の朝ぎりぎりに、映画は完成した。

最後の日、お別れにお茶を飲んだ東京の喫茶店で三人が流した涙は、忘れられない。

難波さんがこの時の経験を、ＣＤを制作するにあたって手記に書いてくれている。


「二〇〇六年の年末、知り合って間もない、ビル・メガロスから電話があり、「年末に群馬に行かないか」と誘われました。

「え？　あの群馬、東京の近郊の？」と僕。

「そこで、編集をやるから、君は音楽をつけろ。」

僕は「日本の旬の食事が食べられて、映画でグレッグが飲んでた、あの赤い飲み物が食卓にあるのなら」と引き受けました。

さて、徹夜して（山の中なので不足機材を買いに行くには新幹線に乗って東京まで出なくてはならないので忘れ物はできないのです）レコーディング機材と楽器を詰め込んで、ロサンゼルス空港―成田―上越新幹線―ジープで一時間。向かったのは群馬、月夜野の山中。

そこは雅子さんとグレッグの郊外の家。この家は一五〇年前の農家を移築したもので、農家は質素、すきま風の印象を持っていたのですが、この家は堅牢、随所に建築上の知恵、色彩感覚にたけたすばらしいものです。音響効果も良く、よい録音ができそうです。

まずグレッグの位牌に手を合わせて、挨拶と仕事の成功を祈りました。

さっそく雅子さんのナレーション録音です。ナレーションは音楽以上に繊細な環境が必要で、ビルと家中探しまわって、屋根裏でやることになりました。

あー、僕はあの暖かいロサンゼルスから、大雪の田舎の山中まで来て、屋根裏で何をやっているんだろうか……。

それを録り終えると、僕はそのまま二日間、食べる以外ずっと寝てしまったのです。

実は出発前、僕が留守にするのを聞きつけた仕事仲間がこぞってスタジオに駆け込んできて、二～三日ほとんど徹夜だったのです。ビルと雅子さんはさっそく編集にとりかかったようです。

ところが翌日から、記録的な豪雪になり、もし石油が切れたり、停電したらなど、少し身の危険を感じながらの作業となりました。

ビルは映像監督、映画学校、大学の講師で、きびしく実直な先生です。ときどき彼の大声が部屋から響き、ここは立ち入らない方がよいと……。どうもファイルの管理が悪いようで、それを彼は指摘しているのですが。

雅子さんは写真代理店の代表と主婦を三十年間続けられて、映像編集ソフトをあつかうのは二年足らず。僕はよくやっていると思うのですが。

僕は映像をのぞきにいっては、暖炉のまきくべ、散歩といっても数歩程度、なにより雪景色があまりにも美しく、心の栄養を必要とする作曲にはうってつけです。作曲というのは何時間かけたからできるとかではなく、機が熟すというのか「よし!」というタイミングがあります。ビルはそのあたりは理解を示してくれて、一言も小言を言わずに、雅子さんとひたすら編集にうちこんでいました。

音楽は環境に左右されるもので、雅子さんとビルの心優しい人柄とグレッグの霊に支えられて、何かに導かれるように作曲を始めました。最高とも言える、無心の状態に近かったと思います。

僕はピアニストなのですが、地元の音楽の先生から借りたギターを弾き、それが自分でもおどろくようにうまく弾けて、どうしたんだろうと思いました。

グレッグのオカリナ(笛)を吹き、玄関にかけてあったビルマの半鐘を叩き、ベースそしてシンセサイザーを弾き。ピアノがキシキシ音をたて始め、自分たちで修理して、家中をスタジオにして、今日の午後は六帖の畳の部屋とか、明日は暖炉がある大きな部屋とか、半鐘はキッチンで叩くとか……。こんな山奥でも高度な編集、音楽録音ができるのはデジタル/コンピュータの恩恵です。

彼らの編集を垣間みて、会話を聞いているので、どんな音楽が必要か予測はできます。それにしてもビルと雅子さんの、集中力と不眠不休の仕事ぶりには、目を見張るものがありました。

ただ、このペースで行くと、音楽の取り直し、補足の時間はないだろうと……。

音楽を映像にあてはめたのは、実は最後の二時間半でした。

それはビルの神業とも言える、音楽と映像の融合でした。

きっと、音楽もその瞬間を待っていたのかもしれません。

ドキュメンタリー映画の音楽は微妙で難しい分野です。ドラマのように盛り上げれば良いというものではなく、真実にそっていて、映像を描写するのではなく、奥に流れる心を表現しなくてはいけません。

そういう意味で今回の同時進行の作業はとても有意義なものでした。

大切なものを失った心を、ここまで女性の心で描いた映画はなかったのではないでしょうか？

そういう雅子さんの素直で正直な心が音楽に反映されていると思います。

愛するという心に違いや大小はなく、それはみなさんの正直な心にも素直にすべりこんで行くと思います。」

完成した作品は二〇〇六年一月、フランスのビアリッツ映画祭でひっそりと紹介された。映写されるのではなく、希望者がオンラインで観るというものだ。

期待して行ったものの、この方法ではなかなか人目にとまらず、閲覧した人のリストが出るのだが、全部で十五人ほど、持って行ったリーフレットやポスターを、できるだけ人目につくところに置き換えるなどの努力もあまり報われず、少々がっかりして帰って来た。

3　アメリカでの追跡調査

できあがった時点では、ビルも難波さんも私も大満足だったのだが、見た人の中から、もっと客観的に科学的な要素が必要なのではないかという意見が出て、それももっともと、七月に再び取材旅行に発つ。今回はアメリカ。私の中でも、科学者や帰還兵の意見を直接聞きたいという気持ちが大きくなっていた。

枯葉剤、ダイオキシンの研究で知られる二人の科学者、コロンビア大学のジーン・メーガー・ステルマン博士と、テキサス大学のアーノルド・シェクター博士にインタビューする。

まず、ニューヨークのコロンビア大学にステルマン博士を訪ねる。博士は一九六三年から七〇年までの膨大な飛行散布記録をデジタル化し、散布地図を構築した。彼女は、四〇〇万人に近いベトナム人が枯葉剤を浴びたとみている。

ステルマン博士は次のように言う（二〇〇六年七月、ニューヨーク市にて）。

「ベトナム戦争当時、私は大学院で化学の勉強をしていました。その頃あるセミナーで、除草剤の影響といわれる出産障害の写真を見ました。一九六九年か七〇年ころです。私たちは、アメリカ兵が枯葉剤を浴びているとは思いませんでした。当然きまりがあって、アメリカ兵士が枯葉剤を浴びないようになっているものと思っていました。

何年か後に、少人数の帰還兵グループから、このことを調べてほしいと依頼されました。私は、もちろん、お手伝いしますと答えました。でも、自国の兵士たちに散布はしなかったのだから心配ないとも言いました。

私はアンケートを用意しました。そのころはまだ、コンピューターが一般化されていなかったので、統計はすべて手作業でした。そこで、あるべきではないパターンを発見したのです。私は疫学者で化学者でもある夫（スティーヴン・D・ステルマン博士）に相談しました。「見て、何かがおかしい」ということで、共同研究をはじめたのです。

まず「帰還兵と法律に関する国立センター（National Center for Veterans and Law）」から、空軍のすべての枯葉剤散布に関するオリジナル・ファイルを入手しました。その飛行記録をコンピューター・プログラムに取り込んで、散布地図を作りました。この方法はうまくいきそうだったので、次に帰還兵のグループ、「米退役軍人会（American Legion）」に接触し、七〇〇〇人の帰還兵の健康状態についての統計を取りました。

それからが大変でした。枯葉剤が多く撒かれた地域にいた帰還兵の健康の統計をとるには、大規模な調査が必要です。そのためには政府の協力が不可欠ですが、医学学会、全米科学アカデミー、議会、そして数多くの帰還兵グループが強く勧めたにもかかわらず、政府は動こうとしないのです。

未だに決定的な研究はなされていません。大きな壁が立ちはだかっています。そこには、あきらかにベトナムに撒かれた一九〇〇万ガロンの化学剤が、健康に被害を与えたということを認めると、その責任を取らなければならないという、化学薬品産業の商業的思惑があります。

八〇年代に始めた調査はその後、どこからも資金を得ることができず中断していましたが、ダッシェル上院議員らが通した九一年のエージェント・オレンジ法のせいもあり、研究資金を調達できるようになり、調査を再開しました。「米退役軍人会」の帰還兵たちに再び接触し、国立公文書館での調査も再開しました。この調査は大仕事でした。散布の記録は五種類もあって、みな異なっているのです。一年間、来る日も来る日も机の上にかがみ込んで膨大な資料と格闘しました。

そしてやっとオリジナルの記録に到達したのです。ようやく、この煩雑な記録を再構築し整理することに成功しました。それをコンピューターに取り込むシステムを作り出しました。ベトナムを格子に分けて、それぞれの格子の目の中に、いつ、どれだけの枯葉剤が散布されたかを見られるようにしました。これはとても役立つモデルだと思います。二〇〇四年の『ネイチャー』誌のカバーストーリーにもなりました。

このシステムは何万回もの散布飛行記録を、実際に地上で起こっていたことに置き換えます。格子の一つの目は一〇〇メートル四方です。これを見ると、一つの目にどれだけの枯葉剤が散布されたかを知ることができます。これを年代を追って動画にしたものを見ると、戦争の進展の様子も見えてきます。

ラオスへ侵攻を始めた時——ただしこれは秘密裏になされたので飛行の一部でしかありませんが——や、カンボジアに侵攻した時などがわかります。散布の量が色分けされていますが、これを念頭において、そのとき地上にいた人たち、味方も敵も、重い足どりで戦場や田んぼを行く人たち、そこに住む村人たちを想像してみてください。これは、散布の動画地図による戦争批判そのものです。

この散布地図に、ベトナムの人々がどこに住んでいたか、村がどこにあったかを重ねることによって、抽象的な格子目の一つ一つに何人が住んでいたのかが見えてきます。こうして計算した結果、四〇〇万人ものベトナム人が枯葉剤を浴びた、ということがわかりました。

国立公文書館の資料でもう一つ分かってきたことは、当時、散布作戦の計画をしていた人たちは、どこにどういう政治的傾向の人たちが住んでいたかを把握していて、それをターゲットに散布していたということです。

私たちの調査は、復員軍人局の反対で再び資金難に陥り、中断しています。枯葉剤が健康に及ぼす被害の研究は、まだ表面を引っ掻いたくらいです。全体像を知るには大がかりな研究が必要なのです。

枯葉剤は南太平洋のジョンストン島に集められ、焼却されました。流出したもの、残滓についてのテストもなされ、大部の報告書が作成されました。これらの中から情報を引き出すのは探偵の仕事のようです。ジョンストン島はとても風の強い島です。ここで関与していた兵士たちにも、影響は現われているはずです。これは私が、次に研究したいことの一つです。ベトナムでの枯葉剤散布が始まる前、そして散布が終わって何年も経った後、そして今にいたるまで、影響は続いているのです。

私たちはさまざまな環境問題ついて心配しています。代替エネルギーだとか、環境のクリーンアップとか、リサイクリングとかです。でも、戦争による破壊力を考えてみてください。津波や火山爆発などの自然災害のほかには、人間が「征服」や「平和」の名においてお互いにする戦争行為ほど、破壊的なものはありません。」

二〇〇六年の夏は、今までにないような暑さだった。遅れに遅れた飛行機を乗り継いで、猛暑のテキサス州ヒューストンにアーノルド・シェクター博士を訪ねた。博士は公衆衛生の専門家で、一九八四年にベトナムを訪問して以来、ベトナムにおけるダイオキシンの影響の研究をつづけている。博士はこんなことを語った（二〇〇六年七月、テキサス州立大学にて）。

「ベトナムのダイオキシン汚染は歴史上最大のものだ。エージェント・オレンジに含まれていたダイオキシンは人間に有毒で、散布地域の人々からは検出されるが、散布されなかった地域の人々からは検出されない。

ＴＣＤＤとよばれるこのタイプのダイオキシンは、環境内に長期にわたって存在し、その半減期は一〇〇年くらいといわれる。ダイオキシンは毒性が大変強く、消滅しないばかりか動物の体内に蓄積され、動物や人間にさまざまな影響をあたえる。

ダイオキシンによる代表的な健康障害にはがん、免疫不全、糖尿病、甲状腺ホルモン異常、神経系疾患、血液中の脂肪酸増加、末梢神経症、肝臓障害、皮膚病などがある。動物実験では妊娠中の動物に流産、奇形出産が認められている。人間における異常出産としては、無脳症、二分脊椎症がある。

研究仲間であるハーバード・メディカル・スクールのジョン・コンスタブル博士の研究によると、エージェント・オレンジは出産障害をもたらす可能性があるという。が、このことが現時点でまだ証明されていないのには、二つの理由がある。一つは、障害をもって生まれた子供の調査が尽くされていないということ。母親や父親の血液中、脂肪中、あるいは母乳中のダイオキシン濃度の資料がないのだ。そして二つ目には、他にどのような原因がありうるかの調査が、今日までなされていないことだ。

化学物質のコンビネーションによって出産異常やがんが引き起こされる、ということも考えられる。アメリカ人の体内には何百もの化学物質が存在している。ベトナム人にもダイオキシン以外にＰＣＢやＤＤＴが検出される。体内の化学物質が影響しあって疾病を起こす、ということも考えられる。

枯葉剤の製造過程で、もっとお金と時間をかけて製造すれば、含有するダイオキシンの量を減らすこともできた。ベトナムで使われた枯葉剤は、より安く早く製造するためにダイオキシン含有量が増えたのだ。

ダイオキシンは食物連鎖の中に組み込まれる。ベトナムの魚、鴨、亀、蛇などから検出されている。私たちは、一九八四年からベトナム政府との共同研究で、散布を受けなかった北ベトナムと、大量に散布を受けた中部地方、そして基地のあったビエンホア、サイゴンなどで、人体、食物、土壌のサンプルを採り比較してみた。四〇〇〇人のベトナム人を対象にした調査で、特にビエンホアでダイオキシン・レベルが非常に高いことがわかった。

ベトナムでのダイオキシン研究の第一人者、故レ・カオ・ダイ博士の提案で、ビエンホアの調査を詳しくすることにした。ここには米軍基地があり、エージェント・オレンジが保管され、流出事故もあった。人体のダイオキシン・レベル調査の結果は、驚くべきものだった。大多数の人々が高レベルを示し、中には四〇〇PPTという人もいた（普通は二PPT）。ハーバード大学のジョン・コンスタブル博士、マシュー・メーゼルソン博士、ロバート・バウフマン博士らの一九七〇年の調査では、ベトナム人の母乳から一八五〇PPTという、史上最高のレベルのダイオキシンが検出されている。

私たちは食物中のダイオキシンも調べた。ある種の食物には、やはり高レベルのTCDDダイオキシンが含まれていた。

ビエンホアの人々は汚染度が最も高い。彼らには数十年前の散布の影響がのこっているのみならず、汚染された食物によって新たに汚染されているのだ。エージェント・オレンジによる健康障害、例えばがんなどは、これから何十年にもわたって続くだろう。

ダイオキシンを除去するには、コンテナに入れてどこか他の土地にもっていくか、高温で焼却するという方法がある。高温焼却が一番確実だが、コストが高い。とりあえず安価でできるのが、汚染地域を柵で囲い、立ち入り禁止にすることだ。不発弾にするようにね。

より大規模な研究がNIH（米国立衛生研究所）の資金提供で行なわれるはずだったが、ベトナムと米国が調査のやり方で同意することができず、結局実現していない。誰がどこでダイオキシンの分析をするか、という点で合意できなかったのだ。ダイオキシンの分析は大変難しいことなのだ。

せっかくの数百万ドルもの予算が使われることなく、このプランは消えてしまった。二〇〇五年二月の枯葉剤訴訟での担当判事が、一九八五年の帰還兵による代表訴訟の時と同じワインスタイン判事だったことは、不幸なことだ。彼は、一九八四年の科学的事実に基づいて判断している。それ以降の数十年で、ダイオキシンが健康に及ぼす被害の科学的根拠は、より強固なものになっているにもかかわらず。」

4　あるベトナム帰還兵の回想

この夏の旅のもう一つの収穫は、前々から話を聞きたいと思っていた「平和を願うベトナム帰還兵の会」（Veterans for Peace）の会長、デイビッド・クラインさんに会えたことだ。この会には以前から連絡をとっていたのだが、なかなか返事がもらえず、このミーティングは、私の映画を観たメンバーの一人が紹介してくれて実現した。インタビューは、子供たちでにぎわうジャージーシティーの帰還兵記念公園で行なわれた。

デイビッド・クライン氏は次のように語った（二〇〇六年七月、ジャージーシティーにて）。

「私は二十歳の誕生日の一週間後に徴兵された。祖父は第一次世界大戦、父は第二次世界大戦で戦ったので、私も当然そうすべきだと思った。政府の言う通りにね。まだ子供だったし、何も知らなかった。だから、ただ流れにしたがったのさ。

私は射撃手として、クチ、タイニン、ホーボー地区に送られた。このあたりはベトコンの勢力の強い所だった。私は三回負傷した。そのうち二回は重症だった。いろいろな検査を受けたが、エージェント・オレンジによる影響はまだないようだ。だけど、このために病気になった人、死んだ人を大勢知っている。

つい最近、ベトナムで開かれたエージェント・オレンジ国際会議に出席するため、ベトナムに行って、クチ、フエ、ハノイ、サイゴンなどを回った。そこではエージェント・オレンジの影響が二世代、三世代に及んでいるのを見た。実情を見て、アメリカ人であることをつくづく恥じた。言葉に尽くせないほどに、だ。

枯葉剤は基地周辺に大量に撒かれた。草を枯らして敵の攻勢を防ぐためだ。敵はどこにでもいたからね。ジャングルにいた方が多く浴びたというのは誤解だ。

枯葉剤は、ベトコンと戦っているアメリカ兵、ベトコン、北ベトナム軍兵士、市民、南ベトナム軍兵士の上に、見境なく降り注いだ。二〇〇万から三〇〇万人が浴びたといわれる。残念ながらアメリカには、はっきりした数字はない。政府はすべてを隠そうとしているんだ。誰かが死なない限り、私たちは見えない存在なのだ。だが、我々は見えない存在に甘んじていることはできない。だから君（私のこと）も、この映画を作るんだ。亡くなった夫が見えない存在にならないように。

パリ和平協定が結ばれたことによって、戦争の傷は癒されるはずだった。だが、傷はまだ癒えない。そして戦争の後遺症はアメリカ兵にとっても、ベトナムの人々にとっても、いまも続いている。だから我々も闘い続けなくてはならない。

戦争に行った時、私は政府が真実を語っていると信じたかった。ベトナムへ向かう船の中で、私たちはよく話し合った。私たちがしていることは正しいことなのか、間違ったことなのか。

私たちは、ベトナムの人々の自由のために戦っているのだと聞かされていた。ベトナムに着いてまず聞かされたのは、いかに生き延びるかということだ。国で聞いたことはすべて忘れろ、ここでは誰も信用できない。彼らは人間じゃない、「屑」（gooks）だ。友だちだと思っても、夜には敵になるんだ。

我々が彼らの自由のために戦っているんだという考えは、どこかに飛んで行ってしまった。

クチの激戦で銃を抱えて塹壕の入り口に座っていたら、北ベトナム軍兵士に襲われた。一九六七年十二月二十日だった。誰かがこちらめがけて走って来たが、敵か味方か区別がつかなかった。急に撃ち始めたので、こちらも撃ち返した。膝を撃たれて気を失ったが、数分後に気がついた。夜を徹して銃撃戦は続いた。私は担架に載せられ、塹壕の中に避難した。映画『プラトーン』を覚えているかい。まるであの映画のラストシーンのようだった。いや、それよりひどかった。次に何が待ちかまえているか分からないんだから。

次の朝、担架に載せられたまま、昨日私を撃ったという男のところへ連れて行かれた。木の切り株があって、男はそこにもたれて座っていた。死んでいた。AK銃が膝の上に乗っていた。胸には弾丸の穴が二つあいていた。曹長は私の肩をたたいて、「これが君が殺した〈屑〉（Gook）だ。よくやった」という。私は同い年くらいの男を見た。彼にはガールフレンドがいたのだろうか、彼の母親がこのことを知ったらどう思うだろうと考えた。なのに曹長は、このことを誇りに思えという。しかし私は、人間性をあきらめることを拒否した。

そのあと日本の座間の病院に送られた。そこの図書館で『新しい軍団』という本に出会った。著者は、もと特殊部隊グリーンベレーの兵士だったドナルド・ダンキンという人だ。彼がこの本で言おうとしたことは、我々は間違った側に立って戦っているということだった。ベトコンは、アイスクリームが発見されて以来最上のものとは言えないかも知れない。が、少なくとも彼らは、普通の農民のための農地改革のために戦っているのだ。ところが我々は、汚職まみれの将軍たちや金持ちの地主のために戦っているのだ。私は目からウロコが落ちるような気がした。我々はここで何のために戦っているんだ？　アメリカの対外政策は企業の利益のためにある。人権だとか民主主義というのは飾りにすぎない。誰かが金儲けするために戦っているんだ。

おかしなことだ。大量破壊兵器だ、サダム・フセインだという。私はアメリカ以上に大量破壊兵器を使う国を知らない。広島、長崎の原子爆弾、ベトナムの枯葉剤。それが正義漢ぶって他の国を批判するのだ。自分たちや自分たちの政府がしたことを棚にあげて。

兵士はコンドームのようなものだ。一度使われたら捨てられる。戦争が終わればもう用はないんだ。あとは金がかかるばかりだ。彼らが枯葉剤の毒を浴びせられたことなど、政府は知りたくもない。戦争が終わったら、ビタ一文払いたくないのだ。面倒もみたくない。帰国したらどこかに行ってくれ、というわけだ。

一九八四年の訴訟でアメリカの帰還兵は、一部その主張を認められた。だが、すでに死んでしまった人たちはどう補償されるのだ？　生き残っている人たちの闘いもまだまだ続く。そしてベトナムの人々にとっては、始まったばかりだ。

ベトナムの人々は、アメリカの最高裁判所まで訴訟をもっていくと言っている。だが私には法廷で決着がつくとは思えない。解決がのぞめるのは議会だ。議会が決断しなければならない。この国にそれだけの勇気があるかどうかが問題だ。

「平和を願う帰還兵の会」は一九八五年に始まった。戦争被害者や帰還兵に正義をもたらすのが目的だ。今、イラク戦争反対の運動をしている。アメリカは多くの国を侵略してきた。現在起こっている侵略に反対しなければならないが、過去の侵略による被害者を忘れてはならない。

私はベトナム帰還兵として責任がある。そして戦争に参加しなかった人々も、アメリカ人はみな責任がある。私たちはみな、集団としての責任を自覚し、正義のために何かしなければならないんだ。

ベトナム戦争後、戦争について本当に考察し、結論を出す代わりに、多くの人は眠り込んでしまった。七〇年代のディスコとかコカインとかに逃げてしまったんだ。悪い時期だった。さあ、出かけて楽しもうということばかりだった。政治的な運動は影をひそめてしまった。この戦争から何かを学んだのはエリート支配層だけだ。彼らは大衆を愚民にし、考え方を変えさせることを学んだのだ。他の国を侵略してはいけないという代わりに、どうやったら他国を侵略できるかを考えるようにね。そして世界でいちばん小国であるグラナダに侵攻した。

一九九一年にジョージ・ブッシュは「我々はベトナム症候群を克服した」と言った。ベトナム症候群は、アメリカの帝国主義的冒険を踏みとどまらせるものだったからね。彼らのせいで、我々は再び泥沼の真っただ中にいる。六七パーセントは戦争反対だというのにね。

おかしなものだ。ベトナム戦争のころ、リチャード・ニクソンは「沈黙している大多数は私を支持している」と言っていた。今日、「沈黙している大衆」は平和運動を支持している。ここが問題なのだ。彼らは沈黙しているのだ。人々が口を開き、立ち上がらない限り、彼らは我々を泥沼に引きずり込み、我々の子供たちを戦場に送り続けるのだ。」

「平和を願う帰還兵の会」会長で、枯葉剤被害者救済の会の創始者でもあるデイビッドは、アメリカの反戦運動になくてはならない存在だった。彼は二〇〇七年九月十五日に逝った。六十歳だった。

アメリカでの取材は、枯葉剤問題を違う角度から見せてくれた。彼らの考えをいろいろ聞くことによって、私は問題の中核に少し近づいたような気がした。

この夏の取材で得られた情報やインタビューを織り込んで、映画を編集をしなおしたのが、二〇〇六年の暮れだった。このころ未完成の作品が、映画制作・配給会社シグロの山上徹二郎氏の目にとまり、よい作品なので手直しをして一般公開を目指しましょう、という嬉しいお話があった。

しばらくして岩波ホールが上映に乗り気だと聞き、嬉しいけれど、本当に？　と呆気にとられた。が、話はとんとん拍子にすすみ、二〇〇七年十月の東京国際女性映画祭での上映を皮切りに、二〇〇八年六月の一般公開にこぎつけることになる。

9　ベトナム再訪

1　裁判の結果

二〇〇八年二月二十四日。

ハノイは、テト（旧正月）が過ぎたというのに灰色の空におおわれ、二十年前とおなじ冷たい霧のような雨が降っている。冷たい霧雨はテトの訪れを告げると聞いていたが、終わりの徴《しる》しにもなるのだろうか。

二十年前をなつかしく思い出していた私にとって、ハノイのノイバイ空港は、成田かＪＦＫ空港かと見まがうくらいにモダンな建築になっていて、なにか冷たい金属的なもので背中をなでられるような気がした。

しかしハノイの町に近づくにつれ、昔とは比べものにならないものの、四年前の訪問時とあまり変わらず埃っぽく、混沌としているのに安堵する。世界中が東京の都心のように、ガラスとプラスチックとセメントとスチールに覆われた無機質なものになってしまったらどうしよう、と心配している私にとって、混沌と有機的な薄汚なさは救いなのだ。

いま住んでいるカリフォルニアのバークレーを発った先週の金曜日、おりしもニューヨークの第二巡回控訴裁判所（Second Circuit Court of Appeals）で、ベトナム枯葉剤被害者の会の起こした訴訟が、ふたたび却下されたというニュースがはいった。

理由は以下のようなことだ。
1　枯葉剤は米国の兵士を守るために使われたのであり、そこに住む人々に害を加えることを目的としたものではないので、戦争犯罪ではない。
2　主権国家である米国は罪を問われない。化学薬品会社は国家の命令にしたがっただけなので、罪に問われない。米国の「軍事請負人保護法」（military contractor defense）によれば、政府との契約事項を遂行するにあたった請負人は責任を問われない。
3　三〇〇万人のダイオキシン汚染による被害者と、枯葉剤散布の因果関係は証明されていない。
被告の化学薬品会社のひとつ、モンサントは次のような声明を出した。「我々がかねてから主張してきたように、ベトナム戦争の枯葉剤使用については、当該政府間の話し合いに委ねるべきだ。」

まるで罪のなすりあい、責任逃れの悪あがきとしかいいようがない。

ハノイの第一日目は、この訴訟の結果が出る前から約束をしていた枯葉剤被害者の会（VAVA）の、グエン・チョン・ニャン氏とのインタビューで始まった。

オフィスはただならぬ緊張の様子で、ちらりと垣間みた会議室は、まるでかつて写真でみた北ベトナムの戦略会議のような雰囲気を漂わす。新聞やテレビの記者が慌だしく行き交う中、ニャン氏は一時間ほど貴重な時間を割いてくださった。

彼には二〇〇四年の夏にもインタビューをしたのだが、それは第一回目の訴訟の半年ほど前だった。そのときにも「強力な米国の会社を、米国において、米国の法律にしたがって訴える」ことの難しさを強調していた。今回の結果は予測していたとはいえ、ベトナム側にとっては失望を新たにするものだった。今回も、最高裁まで持ち込み闘いつづけるとの決意が窺えた。

ニャン氏は映画『花はどこへいった』を高く評価してくださり、二〇〇六年八月十日のエージェント・オレンジ記念日には、彼の力添えでベトナム国営テレビで放映され、かなりの反響を呼んだという。

午後からは、環境・自然資源省の中に設置されエージェント・オレンジ問題に取り組む部署、コミティー33のレ・ケ・ソン氏にインタビューする。

手のつけようもないとたじろぐばかりのこの環境破壊問題を、科学的に分析し、できることからやっていこうという決意と、その方法論を聞く。

「ダイオキシンの汚染を克服する仕事は簡単ではない。私たちに課された仕事は大きく分けて三つある。

一、汚染による障害者たちに援助の手をさしのべること。

二、今も非常に高いダイオキシン・レベルを示すビエンホア、ダナンなど、かつての米軍基地跡の汚染除去。

三、そして、失われた環境をとりもどすこと。

二についてはまずどれだけのダイオキシンが土壌や堆積物に存在しているのかを特定する調査が必要だ。それによって、どれだけの規模のクリーンアップが必要であるかが決まる。クリーンアップの方法としては、穴を掘ってそこに汚染土を入れ、その上にセメントやプラスチックでふたをし、その上に土をかぶせるという方法がある。こうして言葉にすると簡単に聞こえるが、実際の作業は複雑だ。ビエンホアでは五〇〇万ドル（約五億円）かけて除去作業をはじめたが、これはほんの一部の解決にしかならない。ビエンホアだけでも、あと二〇〇〇万ドル（約二〇億円）は必要だ。人的な被害に対処するにはもっとお金がかかる。

米国は一九七一年から七二年にかけて、基地にあった枯葉剤をジョンストン島に運び出したという。だが、それは一体どのようにして運び出されたのか。戦争の最中にそんなことが可能だったのか？　これらの基地の汚染の実態は、まだ不明な点が多くある。米国防省の報告によれば、枯葉剤作戦中に七機が撃墜され、墜落した場所は特定されていない。墜落した現場のダイオキシン・レベルは高いことが予想される。これらの汚染されているかも知れない地域を特定し、人間への汚染を防がなければならない。

時が経つにつれて、汚染された人々を特定することはより困難になる。戦争中に汚染されても、時とともに体内のダイオキシン・レベルは低下し、時には検出もされない。が、ダイオキシンによって引き起こされた疾病は、徐々に進行し深刻になる。ダイオキシンに汚染された被害者の特定が難しいのは、このためなのだ。

二〇〇〇年から米国との協力がはじまった。大変時間がかかったが、始まらないよりはいい。

二〇〇五年には米環境保護局から科学者が来て、汚染除去の方法と、今後の汚染を防ぐための方策を話し合った。昨年、米国が三〇〇万ドル（約三億円）の援助を約束したので、その援助でなすべきプロジェクトのリストを提出したが、まだお金はもらってない。

いったん破壊された環境をもとに戻すのは大変だ。ベトナムはすでに、森を回復するのにかなりのお金をつぎ込んだ。その甲斐あって多くの森は復活した。そして何年もたって森のダイオキシン・レベルは低下したが、もう戻って来ない動物もある。

枯葉剤の汚染に関しては、私たちは最大の努力をはらって研究してきた。だが、まだ答えの出ない複雑な問題がたくさんある。さまざまな研究が答えを出すのを待つ間にも、より大規模で効果的な対策を早急に講じる必要があり、そのためには日本を含む国際的な協力が不可欠だ。」

ニャン博士もレ・ケ・ソン博士も、強く国際的連携の重要性を訴える。

二日目、国営のベトナム・ニュース・エージェンシーの編集長、フオン氏に会う。目的は、おぼろげながら計画している続編について、北ベトナム側から撮った写真や映像がどのくらい存在しているか、またその使用できる可能性を確かめることだ。

一九八〇年代のなかごろ、ベトナムに頻繁に来ていたグレッグが厚い写真資料を持ち帰った。それは、彼がベトナム・ニュース・エージェンシーから選んだ、北側から撮った戦争の模様で、西側諸国にとっては見たことのない大変貴重な写真だった。これらの写真は、その時来日していたフランスのエージェントによって世界的に配信され、話題になった。中でも、ホー・チ・ミンの専属写真家だったディン・ダン・ディン氏の写真は、解放戦争中の写真家の様子、例えば、川の流れで竹筒を使って現像する、などを記録していて大変興味ぶかく、これがきっかけで、この隠れた写真の大家はその秋、南フランスのペルピニャンで開催された写真祭に招かれ、彼の作品はヨーロッパに紹介されることになった。

そんな思い出もあって、ベトナム・ニュース・エージェンシーは、ずっと私の心のどこかにひっかかっていたのだ。

フオン氏の話では、何百万という写真がデータベース化されているとのこと、いつでも協力するし、当時のことを覚えている写真家やジャーナリストも紹介してくれるという心強い申し出をいただいた。私は、必ずまた出直してくると約束した。

午後は郊外のフレンドシップ・ビレッジを再訪問。この施設は前述のように、元アメリカ兵で、自身、枯葉剤を浴び死去したジョージ・マイゾーさんによって始められ、枯葉剤の影響をうけた障害児や元兵士たちの教育やリハビリに携わり、自立あるいは社会への貢献を助けている。この施設の存在によって、障害者を抱える多くの家族の負担がかなり軽減されている。

四年前より整然とし、新しい教室もできた。費用はアメリカ、日本、ドイツ、カナダ、フランスなどの善意の個人や、小規模のグループの寄付でまかなっているという。個人に頼ることが多いだけに、中心となる人物が亡くなると、寄付もストップしてしまうケースが多く、いちばん大変なのは寄付集めだという。イギリスがこの中に入っていないのも、ある個人が亡くなって、遺志を次ぐ人がいなくなってしまったからだという。

テト後間もないこともあって、普段は四十人いる元兵士たちも、今いるのは十三人だという。そのうち何人かにインタビューしたいと依頼していたのだが、ドアがあいて十三人全員が次々に入ってきて、広々とした会議室の壁際にコの字型に並ぶ椅子にずらっと座る。全員にインタビューするのは時間がかかるな、とも思ったが、みな平等にというのがディレクターの考えのようだ。もっともだと思い、一人一人に生年月日、名前、戦争中いつどこで枯葉剤を浴びたのか、その時の様子、子供はいるか、健康か、を質問する。最初は少し照れがちで声も小さかったが、だんだんにみな雄弁となり、体の不調のこと、生まれた子供たちが時には複数、障害児であることなど、滔々と語りはじめた。最後に皆さんのうち、障害児を持つ方は手をあげてくださいというと、十三人のうち二人は子供ができず、七人は障害児をもつ。予想以上の多さに、あらためて枯葉剤の影響を思い知らされる。

次に、米国に対して怒りを感じる人は、と問うと、十三人とも、何の躊躇もなく高々と手を挙げる。当然とはいうものの、前回のベトナム訪問で、米国に対する怒りを露わにする人の少なさに驚かされていた私には、意外だった。

インタビューが終わったあと、ディレクターのズング氏が、先週の米国裁判訴訟棄却の件を説明するのを、全員神妙に聞き入っていた。

三日目、午前中は枯葉剤訴訟の原告の一人、ファム・ティ・フィ・フィ博士にインタビューする。七十四歳になる彼女は、ハノイ医科大学での免疫医学の教授職を数年前に退職した。一九六六年から七二年まで医師として、北ベトナム軍とともに南ベトナムの診療所を点々とした。あちこちで葉の枯れた森を見、その森のせせらぎの水を飲み、魚を食べ、動物を食した。化学薬品によって森が枯れたことは知っていたが、まさかこれほど後々まで残る毒物を含むとは想像もしなかった。

戦争に行く前に生まれた子供が一人いる。彼女はいまも健康だ。だが戦争から帰ってからは、次々と四人の子供を流産した。枯葉剤のせいだと信じている。

彼女が原告の一人になったのは、自分のことはもうよい、が、他に苦しんでいる多くの被害者の代弁者になりたかったからだという。

午後は二時間のドライブで港町のハイフォンへ。ここへは二〇〇四年の夏、枯葉剤訴訟のもう一人の原告、グエン・ヴァン・クイさんを訪ねて来たことがある。クイさんは胃がんと肺がんを患いながらも、二人の障害児、女の子のガさんと男の子のチュンさんの面倒を見ていた。彼は昨年七月、訴訟の原告として米国を訪問して帰った後、一週間で亡くなってしまった。二人の子供と残された奥さんはさぞ大変だろうと思い、ハイフォンに足をのばそうと思った。

家族は以前いた家から、少し町外れに引っ越していた。贅沢ではないがこぎれいな住宅に、クイさんのお母さん、弟家族と一緒に住んでいる。新しいテーブル、椅子、棚などの家具は、善意の人たちからの寄付だという。

この付近は薬物中毒者が多いので、子供たちのために家の前に鉄柵をつけなければならないの、と奥さんのヴ・ティ・ローンさんは言う。

長女のガさんは、前に会ったときよりもずいぶん落ち着いて大人びて見える。ただ、脳がほとんど機能せず、何もわかっていないそうだ。何を見るでもなくぼんやりしていることが多いが、急に突発的に何かに手を出したりして、叱られている。弟のチュンさんも歩くことはできず、床を擦る

枯葉剤訴訟原告の一人で2007年に死去したグエン・ヴァン・クイの遺児、グエン・クアン・チュン。父親の形見のシャツとズボンをいつも着ている（ハイフォン、2008年）

ようにして移動する。言葉は話せないが、言うことはわかるのだという。クイさんの死を大変悲しみ、ひと月泣いて過ごしたという。いまもお父さんの形見のTシャツとズボンを身につけている。ベトナムでは、その人の衣服に魂が宿っているとされている。

ローンさんにインタビューをして、枯葉剤訴訟が米国で棄却された件に関して質問する。ローンさんが「私たちは闘い続ける」と言うのを聞き、彼も、はっきりした言葉にはならないながら、全身に力をこめて「闘い続ける、闘い続ける」と繰り返していた。

彼が急に、家の裏の方に擦り去っていくので、どうしたのかと思ったら、ローンさんの弟の赤ちゃん――チュン君にとってはいとこに当たる――が、お昼寝から目覚めて起きてきたらしく、彼女と遊ぶためだった。一生懸命あやす姿はけなげだ。そのとき撮った写真の背景に、ローンさんがハンカチで涙をふいている姿が写っていた。

2　被害者たちのその後

二月二十九日。

訪問、五日目。いつまでも冷たい雨の止まないハノイをあとにして、朝六時の早い便でフエに向かう。飛行中は（当然のことながら）青空が見えていたので、フエはお天気かと期待していたが、空からみると二重、三重に厚い雲に覆われている。

空港からそのまま、クアンチ省カムロ郡のカムニア村に向かう。カムニア村は、二〇〇四年夏にフィリップと訪れた、ベトナムでもっとも障害児の多い村である。幸いここ十年は、あらたな障害児は生まれていない。

昨日、ベトナム・ニュース・エージェンシーで、クアンチ、ことにカムロ郡の一九六〇年代の生々しい戦闘の様子や、枯葉剤の被害の様子の写真を見てきたばかりなので、ことに感ずるところがある。

人民委員会のビンさんの話では、最近、国の企業の一つ、ベトナム電信会社（Viet Tel Communications, co.）という会社の出資で、リハビリセンターが作られたばかりだという。まだ、本格的に稼働はしていないのだが、あと数カ月で完成するだろうとのこと。そうなれば、回復する可能性のある障害児には大きな助けになるし、家族の負担も減るだろう。村のボランティアで組織するヘルパーさんのグループもできたという。少しずつでも改善されてきている様子に、少し明るい気持ちになる。

今回は映画『花はどこへいった』に登場していただいた、この村の四家族を訪ねた。

降り続く雨で、車も立ち往生してしまいそうな泥道の悪路を行く。村の貧しさは相変わらずだ。

まず、レ・ティ・ミットさんのお宅を訪ねる。私を覚えていてくださって、笑顔と握手で迎えてくれる。四年前、初訪問したときの不審げな様子とは大違いだ。彼女には、二人の障害児の息子がいる。

土間には、少し成長したけれど、より痩せたようにみえる弟のチュオイ君が震えて座っている。寒がっているが、着せるものがないのだという。前に来ていた、リハビリの指導をしてくれる人が来なくなったので、庭で竹竿を使ってのリハビリも、もうしていないと言う。時間もお金もないのだと言う。ご主人は、と聞くと、山へ薪を集めにいっているとの返事。それを売って生計を立てている。収入は月に三〇〇〇〇〇ドン（約二〇ドル）だという。金銭的な助けがあれば、チュオイにリハビリもさせられるのにと、四年前に聞いたのと同じ台詞が繰り返される。

私は、この村の人たちに映画を見てもらおうかどうしようか、迷っていた。というのも、そうすることによって、彼らの世界とはかけ離れた消費文明社会の、余計なものを持ち込むことになるのではないか、またこれから撮影するときには、何か構えてしまうのではないかと懸念したからだ。なかでも、レ・ティ・ミットさんには複数の場面に話し手として登場してもらっているので、逡巡したすえ見たいかどうか訪ねると、ぜひ見たいという。持参したコンピューターで、ベトナム語版のＤＶＤを見てもらう。これは二〇〇六年八月に、ベトナム国営放送が放映した時のものだ。食い入るように見ながら、自分や息子のチュオイ君の場面になると、ことに一生懸命見入っていた。言葉の壁があるので充分にコミュニケートできないのが残念だが、通訳を通じて感動したと言ってくれた。

子供たちにお昼を用意するので、と台所へ立つ。かまどとも言えない、床でじかに薪を燃やすだ

グエン・ヴァン・チュオイと母親レ・ティ・ミット。庭での歩行練習はやめてしまった（2008年）

けの台所でお粥を作る。前回会った兄さんのチュオン君は、奥の部屋で寝たきり、体調も悪化しているとのことで、今回は会うことはできなかった。

　トゥイさんとキウちゃんにも会った。

　キウちゃんは十五歳になった。他の子供たちは、もうオートバイの免許をもらえる歳なのよと、四十五歳になるトゥイさんは涙をうかべる。裏庭でカッサバを栽培して、細々と二人家族の生計を立てている。もう一人の男の子は、三年前にオートバイ事故でなくなった。とてもハンサムで、学校でも良くできた子だったという。三年前に私が訪れた時は、この事故の数日後で、トゥイさんはショックで入院していて会えなかった。

　キウちゃんは生まれたときから、目が開かない。お母さんの言葉には笑顔で答え、以前訪れた時は音楽にあわせて歌ったり、体を動かしたりしていたが、今回はもっと大人になったからなのか、動作も昔のような子供っぽさはなくなっていた。でも、トゥイさんがキウちゃんに注ぐ愛情は、見る者の心に沁みる。

　トゥイさんは四十五分の音楽ＣＤをかけて、畑仕事に出かける。キウちゃんが寂しがらないように。そして四十五分後には様子を見に戻るので、畑仕事はなかなかはかどらない。

村の人たちがボランティアのグループをつくって、ときどき手伝ってくれる。以前撮影に来て、二人のポートレートを撮ったベトナムの写真家が定期的に送金してくれていたが、彼はアメリカに移住し、送金も途絶えたという。

いろいろな人が支えてくれている、でも、精神的な苦痛は分かち合えないのよ、と涙する。この気持ちは、私もよくわかる。

キウちゃんはお医者さんにかかることもない。「私は今は元気だから、彼女を抱き上げたりできるけれど、これから年を取って元気がなくなったら、どうなるのでしょう、私が先に死んで、キウが一人残されるより、彼女が先に死んだ方がいい……」と、畑仕事の合間に、トゥイさんは言う。

カムニア村のチュオン・ティ・トゥイとキウの母娘。「いろんな人が支えてくれる。でも、精神的な苦痛は分かち合えないのよ」と涙する母親（2008年）

トゥイさんはとても美人で、笑顔を絶やさない人だが、心に深い悲しみを秘めていることが、言葉のはしばしに表われる。

グエン・ティ・フイエンさんは七十三歳になる。二〇〇四年の夏に訪ねたときは、二人の障害児をかかえて、もう何十年もこんな生活をつづけている、仕事に出ることもできないと、深くため息をついていた。土間に置かれたベッドの毛布のかたまりの下に、寝たきりの娘さん、レ・ティ・デオさんがいるものとばかり思っていたら、彼女は最近亡くなったという。残された数枚の、小さな顔写真を見せてくれて、いなくなってしまってとても淋しいと言う。家は前に訪ねた時より少し改造されて、住みやすくなったように見えた。障害のない長男がいて、彼の働きで助かっているのだ。

もう一軒のレ・ティ・ダちゃんの家でも、台所が改造されて明るい感じになっていた。この家も一家の主人と、男の兄弟が何人かいるので、貧しい村の中でも、前出のレ・ティ・ミットさんやトゥイさんの家よりは、いくぶん裕福に見える。

ダちゃんは相変わらず、いつもにこにこしている。

カムニア村にも、アメリカの裁判所がエージェント・オレンジ訴訟を却下したというニュースは伝わっていた。

トゥイさんは、キウちゃんにご飯をたべさせながら、「残念です。早く賠償をしてもらわないと、あと十年、十五年後では遅すぎる」と言う。

ダちゃんのお母さんは、「ニュースは聞いた。悲しいけど、しかたがない」とあきらめている。

帰り道の山々はまだ禿げ山だ。所どころまばらに植林の林ができているが、成長するのには時間がかかる。

カムニア村の近くには、ドンハからラオスに向かう国道9号線が走っていて、ラオスとの国境の少し手前で、ホー・チ・ミン・ルートと交差する。ラオス国境付近の山々も、枯葉剤の影響で禿げ山が多く、土地の人々はラオスから吹く風を「ラオ・ウィンズ」と呼んでいる。枯葉剤作戦以後、さえぎるもののなくなった風は、海に向かって強く吹きつけるようになり、このあたりの気候に変化を及ぼしているという。

三月一日。

クアンチの町で一番目につくのは、銃弾の跡もそのまま残されている学校の廃墟だ。町の様子は三年前とほとんど変わらない。こころもち人が増えただろうか。

クアンチの町は名所といって何もないところだが、十九世紀の城跡に戦争博物館がある。一九七二年の激戦で北ベトナム軍と南ベトナム軍が戦い、南側は二万六千人が死んだ。北の死者の数はなぜか公表されていない。城跡からは、少し掘ると今も多くの白骨が出てくるが、あまりに多く、処理しきれないのでそのままに残されている。

学校の廃墟から少し行って角を曲がったところに、ド・ドクさん一家が住む。笑顔で懐かしそうに迎えに出てくださった母親のフオンさんは、少し老けたように見える。無理もない。カーテンの奥のベッドには、ズエン君が寝ている。昼間はほとんど寝ていて、夜中じゅう起きているので、両親は大変だという。

お昼時だったので、起こしてお粥を食べさせる。けっこうな量を食べるので、時間がかかる。お昼休みで学校から帰っていた長女のヒエンちゃん（十六歳）、ホアちゃん（十四歳）も、代わるがわる手伝う。

ズエン君は、以前は残っていた子供らしいかわいらしさはなくなって、大人っぽくなっている。十二歳になった。背ものびて少し痩せたようにみえ、ぐあいが悪いのかと心配したが、そうでもないようだ。食事後は元気が出たようで、車椅子に乗せられると、一生懸命声を出して家族の呼びかけに応える。食道の機能が悪くなり、食事を飲み込みにくいので困っている。手術をしたいのだが、お金がないと言う。

ド・ドクさんは五カ月まえ、森の伐採の作業中に事故に遭い、頭に大けがをした。いまも頭が痛くて仕事ができないので、経済的に逼迫しているという。台湾の「国際慈善団」（Compassion International）という慈善団体が援助してくれているので、なんとか比較的いい家に住み、子供たちも学校にやれるのだ。

クアンチの町にド・ドク一家を訪ね記念撮影、ズエンは12歳になった

長女のヒエンちゃんは学校では優等生だ。お母さんが誇らしげに賞状を見せてくれる。でも、最近近視になって、とても心配している。この子が最後の希望だから、この子に何かあったらと思うと、心配でしかたない。次女のホアちゃんは、少し知的障害があるのだという。お母さんが何か頼んでも、なかなか頼んだとおりにはできず、フオンさんが声を荒げることもある。

ヒエンちゃんは将来、学校の先生かお医者さんになりたいという。そうすればズエンに手術をしてあげられるし、両親を助けることもできる。以前はこんな環境に生まれてきたことをとても悲しく思ったが、ズエンと私は何かの縁で結ばれている、妹にしてもそうだと、運命を受け入れるようになって、今は幸せだという。

しかし、家族の希望を一身に背負い、重い障害をもつ弟と妹をずっと抱えていく重荷と責任を負うには、あまりに若い。これからいちばん大変なのは、ヒエンちゃんだろう。なんとか力になっていきたいと思う。

二〇〇六年の夏、国営テレビで放送された『花はどこへいった』を家族中で見たという。たまたまテレビをつけたらやっていたらしい。とても感激した、私たちの困難をできるだけ多くの人に知ってほしいという。

三月二日、夜、ホー・チ・ミン市に着く。

ベトナムの風物であるノン（三角帽子）をかぶった人の姿が著しく減った。これはオートバイが増えて、ヘルメットの着用が義務づけられたためという。なんと趣のないことだろう。ハノイもホー・チ・ミンも、オートバイがどんどん増えて空気は悪いし、騒音には頭が痛くなる。ホンダやヤマハは発展途上国にどんどん輸出して儲けているのだろうが、現地のためを思えば、輸出をやめた方がいい。道路いっぱいに自転車が走っていた頃が懐かしい。

次の日はツーズー病院の平和村を訪ねる。今年は縁起がいい年回りなので、子供を産む人が多いとかで、病院は大にぎわいだ。

事務所でグエン・ドクさんが、コンピューターに向かって仕事をしている。日本でもよく知られたベトちゃんドクちゃんの、結合性双生児の一人だ。お昼休みに家に帰るというので、自宅でのインタビューをお願いする。ドクさんは二年前に結婚して、日本でも話題になった。昨年秋にはベトさんがなくなって、これも日本では、大きなニュースとして取り上げられた。

ベトちゃんとドクちゃんは、中部高原のザライ・コンツム省で一九八一年に生まれた。ここは米軍が、一九六一年に初めて枯葉剤をベトナムで散布した地域だ。

二人は一九八八年に分離手術を受けた。三年前に訪れた時は、ドクさんは二階のオフィスに勤務し、一方ベトさんは植物人間の状態で三階の病室に寝たままで、二人の運命の違いが印象深かった。

私はドクちゃんの新婚家庭を訪れた。ホー・チ・ミン市内のこぢんまりした、素敵な家に住んでいた。

四年前に会った時は、普通に生まれていたらどんなによかっただろう、と言っていたドクさんだったが、今はとても幸せだと言う

「ベトとは愛し合っていたので、分離した時は悲しかったけれど、別々の生を持つことになったのはよかったと思う。ベトがいないのは悲しいが、彼は充分苦しんだ。亡くなった時はとても安らかだった。

ツーズー病院での二十五年間の生活は、優しい先生や看護婦さんたちに囲まれて、とても幸せだった。病院の平和村に今いる子供たちも、恵まれていると思う。今回、エージェント・オレンジ訴訟が却下されたことはとても残念だ。だが、アメリカの一般市民には責任はない。世界中の人たちが、枯葉剤の問題に関心を持ってくれるように願う。僕は恵まれている。だから、できるだけ、他の人たちの役に立っていきたいと思っている。」

ツーズー病院「平和村」を訪ね、子供たちの勉強をみるグエン・ホン・ロイ（左）（2008年）

奥さんのグエン・ティ・タイン・テュエンさんとは、友人の結婚式で出会ったという。テュエンさんは、ドクさんのユニークな人柄に惹かれたという。二人は幸せな新婚生活を送っているが、将来の生活に関しては金銭的に不安だという。子供も欲しい。病院での検査の結果は問題ないということなので、健康な子供ができるのを楽しみにしている。テュエンさんは枯葉剤のことはよくわからないという。

グエン・ホン・ロイ（二十一歳）も、六歳のときから住んだツーズー病院の平和村を出て、叔母さん一家と暮らしている。服飾メーカーに職を得て生地に色をつけたり、図柄を描いたりする仕事をならっている。仕事はとても楽しい。女性を美しく見せる衣装を作るのは楽しいという。

彼の両親は、枯葉剤が多く撒かれたタイニ

ン地方の出身だ。ツーズー病院で彼が生まれた時、母親は気を失ったそうだ。何かのまちがいで、これは自分の子ではないのではないかと疑った。両親は彼を連れて帰ったが、貧しくて彼の面倒をみきれなかったので、六歳の時、ロイは再び病院にもどり、昨年仕事を始めるまでここにいた。

病院がとても懐かしく、いまも週一回は戻ってきて子供たちの面倒をみたり、一緒に遊んだりする。子供たちは兄弟のようだという。子供たちと一緒にいるのがいちばん幸せだ。病院に戻ると、皆に泊まっていくようにせがまれる。時には、新しくできた友人たちを病院に連れて行く。最初はみなびっくりする。女の子はことに、最初はショックを受ける。でも、すぐに慣れる。

仕事場では、皆、僕を普通の人と同じように扱ってくれる。世の中のすべての人にそうしてほしい。病院の平和村にいる子供たちも五、六歳頃までは屈託ないのだが、大きくなって中学に行く頃になると、他の人と違っていることの悩みを打ち明ける子がいる。仲間が笑いものにするのだ。ロイは、僕たちはみんなと同じなんだと、その子たちにわかってもらうよう話をしなさい、と助言する。

病院の事務室で、ドクとロイがなにか熱心に話している。何の話？　と聞くと、二人とも同じジムに通っているのに、どうしてドクの腕は細く、ロイは筋肉もりもりなのだ、とロイの自慢話だ。最近水泳のパラゲームで、三位に入賞したという。

平和村の子供たちの部屋を次々に訪れ、話しかけたり一緒に遊んだり、寝たきりの子供はなでたり抱いたりするロイの明るい姿に、私もすっかり心が晴れた。彼のすばらしい笑顔が、これからもめげることなく続いてほしい。

ツーズー病院「平和村」の子供たち

ツーズー病院には、今も生まれたばかりの障害児が入院してくる。二〇〇七年には七人が新たに入院した。三年前にいた子供たちの多くも、まだそのままいる。水頭症のカンちゃんは、三年前にはあと数カ月しか持たないだろうと言われていたのだが、今も病院にいて、頭は以前の倍くらいの大きさになっている。以前はときどき頭の向きを変えることもできたのだが、今やそれさえ不可能にみえる。

平和村の子供たちは元気で屈託がない。もちろん、寝たきりで何もできない子もたくさんいる。現在、みんなで七〇名という。枯葉剤の影響を受けて生まれた障害児の平均寿命は、十二歳というが、ロイやドクのように健康に生き続けることもある。子供たちに明るい将来が開けるよう、これ以上障害をもった子供が増え続けないよう、私たちにできることはまだあるはずだ。

ベトナムの子供たちや犠牲者を抱えた家族から、私はふたたび勇気と希望を与えられて帰途についた。

3　新たな発見の旅へ

そして、グレッグの死から五年が経った。

当時も、五年経てば元気になるわよ、でも五年はかかるそうよ、とまわりの人に言われた。五年……、なんと気が遠くなるような年月だろうと思った。が、五年経った。

二〇〇八年五月四日。私はカリフォルニア大学バークレー校で、ジャーナリズムを勉強している。ジャーナリズム専攻の大学院の教授にこの映画が評価され、一年間客員研究員として招かれたのだ。アパートの出窓からは、街路樹越しにサンフランシスコ湾とゴールデンゲート・ブリッジが望める。日が沈む頃には、赤い夕日が海に反射し、サンフランシスコのスカイラインのシルエットが浮かぶ。

脚や腕をなくした人が、何年かたてばその不在に慣れるように、私もグレッグの不在に慣れてはきた。がらんどうの家で、不意にどうしようもない切なさに襲われて、わあわあ泣くということもなくなった。

しかし、愛する身近な人がいなくなるという不条理は、どうしても納得できない。人は死んでどこにいくのだろうと、ずっと考え続けてきた。

孤独な山での週末、私は時々、グレッグの最初で最後になってしまった写真集『群馬』の撮影で知りあった、新治村の泰寧寺《たいねいじ》に座禅をしに行った。

答えが出ない中で、泰寧寺の若いお坊さん、文英《ぶんえい》さんがふと言った、「どこに行ったわけでもないでしょう。だって、どこに行くというんですか」という言葉を、繰り返し自分に言い聞かせてきた。そう、グレッグはどこにも行っていない。以前のような形はなくなったけれど、肉体や時間から解き放たれて、あまねく存在する自由な何かになったのだ。

この五年間、どんなにこのことを考え続けただろう。通勤の地下鉄のなかで湧き上がってくる言葉を書きとめ、気持ちの落ち着く場所を求め続けた。

何かにすがるように枯葉剤の映画制作を思い立ったのは、グレッグが亡くなって数カ月後の、二〇〇三年の秋だった。

映画学校の講座に通いはじめて本格的なビデオカメラを手にしたときも、本当に映画ができるとは思っていなかった。まず、その日その日を一日ずつ生きること、という友人の助言どおりに、日々をやり過ごした。

生きていれば、毎日なにか解決しなければならないこと、行動を起こさなければならないことがある。どんなに無為な日々を送っているにしても、それはあるものだ。私には経営を続けなければならない会社があった。しかも大変な経営難に直面していて、さまざまな方策を講じなければならなかった。今思い返してみると、映画の制作と同時に、このことも生きるエネルギーになったのだろう。

大きな悲しみは人を衝き動かすこともできるのだ。

四年越しで『花はどこへいった』が完成し、一般公開されるようになろうとは、夢にも思わなかった。そうなるといいな、という一縷の非現実的な望みが、まったくなかったわけではないけれど。

仕事が終わって帰宅後、毎晩二時、三時までコンピューターに向かって作業した。仕事の合間をぬってベトナムに二回、アメリカに一回、映画学校の短期講座に五回ほど、という旅行もした、なにかに衝き動かされるように。グレッグが背中を押していたのではないか、とさえ思う。

私たちの山の家は、群馬県月夜野町の山中にある。猿や熊が庭に出没する自然の中だ。ある闇夜に二人で夜道を歩きながら、実験をしたことがある。月明かりも星明かりもない真っ暗な道を、懐中電灯なしに歩いてみようとした。手をつないで歩きながら、最初は暗闇のあまりの暗さに立ちすくんだ。でもしばらくすると、目は見えないものの、何かの感覚が働いて、進めるようになる。お互いの手のぬくもりを感じながら、なにか新しいものに挑戦しているかのような興奮を覚えた。闇夜行は長くは続かなかったが、グレッグがいなくなってからしばらくの私の生活は、そんなようなものだった。

ただ、つなぐことのできる手がなかった。

手探りで、少しずつ前に進んだ。

すると、だんだんにまわりが救いの手を差し伸べてくれる。それは人であり、あるいは、いろんな要素を含んだ環境であったりする。

私は肩の力を抜いて、波に浮かぶ木の葉のように、北の海中を遊泳するクリオネのように、「まかせる」ことを少しずつ学んだ。

『花はどこへいった』は、私が作った映画というより、ベトナムの被害者や、グレッグ、フィリップがそこにいて、作ってくれたのだ。私はカメラを回し続けただけ。そして多くの人が、完成にいたるまで助けてくれた。

この映画の制作を通じて、私は多くの事を学んだ。

映画の最後のナレーションを引用する。これはそのまま、私がこの五年間、生きるよすがとしてきた気持ちだから。

「グレッグが死に至る病に倒れる少し前、夜、明かりを消す前にふとこんなことを言ったことがある。「宇宙ってきっと、大きな生命体のようなものなんだね。僕たちは小さな分子のようなもので、現われたり消えたりする。」

私も同意して眠りについた。

すべては繋がっている。私たちはみな何か大きなものの一部なのだ。その大きなものの中にあって、私たちは無力な、些細な存在にすぎない。だが、私たち人間にとって大切なのは、お互いが存在するということだと気がついたとき、大きな力が湧いてくるのではないだろうか？

どこか土深いところに、希望の種が芽吹こうとしている。この種は大切に育てなくてはならない。なぜなら、それはとても壊れやすいものだから。」

この希望の種は、育てていけるのだろうか？

今、バークレーで四十年ぶりの学生生活を送る中で、希望が芽生えつつあるのを感じる。

個人の悲しみから、より大きな「悪」に気づき、すべてがつながっている、私たちの一見平安な生活も発展途上国の犠牲の上になっている、ということに目覚めるとき、一人一人の意見や行動が世の中を変える一助になることもあると信じる時、本当に生きる元気が出てくる。

グレッグがベトナムでの三年間の兵役を経て、それまでの価値観を捨て、新たな発見の旅に出たように、私も、グレッグの死とベトナムの人々との出会いを通して、新たな発見の旅への準備ができたようだ。

あとがき

映画を作る前といまでは、何が変わりましたか、とよく聞かれる。

大きな悲しみも時とともに薄らぐとはいうものの、グレッグの不在が残した空洞と、もういまや私の心の基調となってしまった悲しみ、寂しさは変わらない。

でも、何かが変わったし、変わりつつあるのを感じる。それは、自分の殻から出て、人とつながろうという気持ちかも知れない。

このことは、私にとっては大きな意味を持つ。枯葉剤の被害者に会ったり、その事実を調べたりしていくうちに、遠い過去、遠い国で起こったことも、私たちの日々の生活と密接に結びついているということ、夫の突然の死という個人的な悲しみも、連綿と続く歴史の流れの中にあり、私一人の悲劇なのではないということに目を開かれ、そこから何か、次の一歩を踏み出せそうな気持ちでいる。

映画を通じて多くの新しい出会いがあった。そしてこの本を通じてまた、新しい出会いがあることを期待している。

私のつたないメッセージを受け止めて、それぞれの中でそれをより膨らませてくださる多くの方々と出会い、私たちは皆つながっているのだという思いをあらたにするとともに、メッセージを発信することの責任も感じる。責任を感じるということは、また生きがいにもつながる。

枯葉剤という問題を通して多くのものが見えてきた。いま世界で起きている悲惨な出来事の多くは根を同じくしているということ、それは利益を優先する企業の論理であり、それに支えられている政府と軍隊だということだ。根が見えてくると、そこから派生しているものに惑わされにくくなる。

グレッグはよくこう言っていた。

「より多くのことを見ることによって、より多く知ることができる。より多く知ることによって、私たちを取り巻く世界を変えることができる」。

私たちは戦争を繰り返してきた。そしてそれは、これからも無くなりそうもない。でも、だからといって口を閉ざすわけにはいかない。

私はまだ、声を大にして叫ぶ活動家にはなりきれない。でも、グレッグの死を通して知り得た世の中のさまざまな矛盾や悪を、私にできるところから変えていく努力をしたいと思っている。遅くなりすぎないうちに。

人は亡くなっても無になるのではない。新しい形で生き続けるのだと思う。

映画『花はどこへいった』の制作に大きな力を貸してくれたグレッグの親友、フィリップ・ジョーンズ゠グリフィスも、二〇〇八年三月十八日、長年のがんとの闘いの末に亡くなった。私は彼らから、ものごとを批判的に見る目を授かった。彼らの灯したたいまつを守り続けるのが、これからの使命だと思っている。

花はどこかにいってしまっても、希望の種までは無くなっていないことを信じて。

二〇〇八年十月

著　者

ベトナム戦争関連年表

年	月日	事項
1945	9・2	ホー・チ・ミンによりベトナム民主共和国独立宣言
1946	12・19	ハノイでフランス、ベトナムの軍隊が衝突（第一次インドシナ戦争勃発）
1954	5・7	ベトナム人民軍、ディエンビエンフーでフランス軍撃破
〃	7・20	ジュネーヴ協定調印（第一次インドシナ戦争終結）
1955	10・26	南ベトナムでゴ・ディン・ジェム大統領就任。国名をベトナム共和国に改称
1960	12・20	南ベトナム政権に反対する南ベトナム解放民族戦線結成
1961		アメリカ軍による枯葉剤散布、開始
1964	8・2	米駆逐艦が北ベトナム艦艇に発砲される（トンキン湾事件）
〃	8・5	米軍機、トンキン湾事件の報復措置として北ベトナムを爆撃
1967	5・17	グレッグ・デイビス、ベトナムに派兵される
1968	1・31	北ベトナム政府軍と解放戦線、テト攻勢を開始
〃	3・16	米軍、ソンミ村で村民を大虐殺
〃	5・13	北ベトナムとアメリカのパリ会談、開始
1969	4	南ベトナム駐留米軍、最大の54万3400人に達する
〃	9・3	ホー・チ・ミン大統領、死去
1970	4	グレッグ、除隊（この夏に来日し京都に住む）
1971	10・31	米軍による枯葉作戦、終了
1972	10・26	北ベトナム、アメリカとの和平合意内容を発表
〃	12・18	ニクソン政権、最大規模の北爆を敢行
1973	1・27	ベトナム和平協定、パリで調印される
〃	3・29	ニクソン大統領、ベトナム戦争終結を宣言
1975	4・30	ベトナム人民軍、サイゴンに入城
1976	6・24	南北ベトナムが統一され、ベトナム社会主義共和国が成立
1977	10	ベトナム、カンボジアの国境付近で武力衝突が起こる
1979	2・17	中国軍、ベトナムに侵攻（中越戦争、開始）
1985	1	アメリカで枯葉剤被害者のベトナム帰還兵が化学企業と1億8000万ドルで和解
〃		グレッグ、戦後のベトナムを初めて訪問
1989	9・25	ベトナム軍、カンボジアから撤退
1994	2・4	アメリカ、ベトナムの経済制裁解除
2005	3・10	アメリカ連邦地裁、ベトナム枯葉剤被害者協会らの損害賠償請求を棄却
2008	2・22	連邦高裁の控訴審で、損害賠償請求が再び却下される

装幀：so＋ba（Alex Sonderegger＋Susanna Baer）

カバー写真：カンボジアを取材中のグレッグ・デイビス
表見返し：著者、1971年、京都追分町の家で
（撮影グレッグ・デイビス）
裏見返し：ベトナム、メコンデルタの運河を行く小船
（撮影グレッグ・デイビス）

坂田雅子（さかた　まさこ）

1948年、長野県生まれ。京都大学文学部卒業。70年にグレッグ・デイビスと出会い結婚。夫のフォト・ジャーナリストとしての仕事を手伝いつつ、76年から写真通信社インペリアル・プレス勤務、のち社長となる。98年、IPJを設立し社長に就任。2003年、グレッグの死をきっかけに枯葉剤の映画を作ることを決意、アメリカで映画制作を学ぶ。04年から06年、ベトナムと米国で被害者家族、ベトナム帰還兵、科学者らにインタビュー取材、撮影を行なう。2007年、映画『花はどこへいった』を完成させ、東京国際女性映画祭を皮切りに岩波ホールほか全国各地で上映、大きな反響を呼ぶ。

花はどこへいった
―枯葉剤を浴びたグレッグの生と死―

二〇〇八年二月五日　初版第一刷発行

著　者　坂田雅子
発行者　中嶋　廣
発行所　株式会社トランスビュー
東京都中央区日本橋浜町二-一〇-一
郵便番号一〇三-〇〇〇七
電話〇三（三六六四）七三三四
URL http://www.transview.co.jp
振替〇〇一五〇-三-四一一二七

印刷・製本　中央精版印刷

ISBN978-4-901510-68-4　C0036